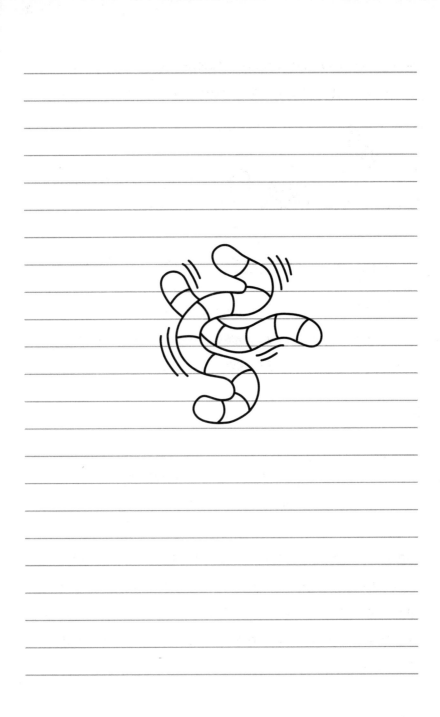

РАНЕЕ ВЫШЛИ:

ДНЕВНИК СЛАБАКА

СТАВКИ ПОВЫШАЮТСЯ

Джефф Кинни

Издательство АСТ

Москва

УДК 82-311.2
ББК 84(7Сое)
К41

JEFF KINNEY
DIARY OF A WIMPY KID
DOUBLE DOWN

Кинни, Джефф.

К41   Дневник слабака. Ставки повышаются : [повесть] / Джефф Кинни; пер. с англ. Ю. Карпухиной. — Москва: Издательство АСТ, 2020. — 224 с.

ISBN 978-5-17-120499-0

Грегу Хэффли опять не дают наслаждаться жизнью! Всё, что он умеет делать хорошо, – это играть в видеоигры, но родители требуют, чтобы он «открыл в себе какой-нибудь талант». К тому же на носу Хэллоуин, а у Грега и без того полно проблем.

Однажды пакет с мармеладными червячками и старая камера, найденная в подвале, наводят Грега на отличную идею... Что, если снять фильм ужасов? Так он докажет родителям, что у него есть скрытые таланты, и заодно наконец-то прославится и разбогатеет. План Грега, как всегда, неплох, только вот не обернётся ли двойная ставка двойным ударом?

УДК 82-311.2
ББК 84(7Сое)

Литературно-художественное издание
Для среднего и старшего школьного возраста

ДНЕВНИК СЛАБАКА
Ставки повышаются

Заведующий редакцией Сергей Тишков, ведущий редактор Лианна Акопова
технический редактор Татьяна Тимошина, корректор Алла Будаева
верстка Юлии Анищенко

Подписано в печать 12.12.2019. Формат 60х84/16.
Гарнитура «ALS Dereza». Печать офсетная. Усл. печ. л. 13,07.
Тираж 10 000 экз. Заказ № 9245/19

ООО «Издательство АСТ»
129085, Москва, Звездный бульвар, д. 21, стр. 1, к. 39
Наш электронный адрес: www.ast.ru
E-mail: astpub@aha.ru

Отпечатано в соответствии с предоставленными материалами
в ООО "ИПК Парето-Принт", 170546, Тверская область
Промышленная зона Боровлево-1, комплекс №3А
www.pareto-print.ru

ПОСВЯЩАЕТСЯ ДОРИАНУ

ОКТЯБРЬ

Родители всё время твердят, что мир не вращается вокруг меня, но я иногда думаю: а что, если ВРАЩАЕТСЯ?

Когда я был маленьким, я видел фильм об одном человеке, чью жизнь тайком снимали на камеру для телешоу. Этот парень стал знаменитым на весь мир, но он об этом не ЗНАЕТ.

В общем, когда я посмотрел этот фильм, мне пришло в голову, что со МНОЙ, наверное, происходит то же самое.

Сначала меня раздражало, что мою жизнь показывают без моего разрешения. Но потом я понял: если каждый день миллионы людей включают телевизор, чтобы посмотреть, чем я занимаюсь, то это реально КРУТО.

Иногда я боюсь, что для телешоу моя жизнь слишком СКУЧНАЯ, поэтому время от времени я делаю что-нибудь забавное, чтобы люди, которые дома смотрят телевизор, могли посмеяться от души.

А ещё я посылаю своим зрителям тайные сигналы, чтобы они знали: я в курсе, что они за мной наблюдают.

Если моя жизнь — телешоу, то там должна быть и реклама. Её, наверно, пускают, когда я сижу в туалете. Поэтому, закончив все свои дела, я стараюсь обставить свой выход как можно эффектнее.

Иногда я спрашиваю себя: сколько в моей жизни НАСТОЯЩЕГО, а сколько ПОДСТРОЕННОГО? Ведь половина того, что со мной происходит, до того нелепо, что невольно думаешь: не дёргает ли КТО-НИБУДЬ за верёвочки?

Если всё это комедия, то те, кто всем этим заправляет, могли бы придумать для меня ХОТЯ БЫ сюжеты поинтересней.

КАК НАСЧЁТ «У ГРЕГА ПОЯВИЛАСЬ ПОДРУЖКА»? ИЛИ «У ГРЕГА ПОЯВИЛСЯ МОТОЦИКЛ»? ИЛИ «У ГРЕГА ПОЯВИЛАСЬ И ПОДРУЖКА, И МОТОЦИКЛ»?

Время от времени я спрашиваю себя: являются ли окружающие меня люди теми, кем они КАЖУТСЯ, или все они просто АКТЁРЫ?

Если они актёры, то тогда, я надеюсь, парень, который играет роль моего друга Роули, получит приз: он гениально изображает тупицу.

И если моему брату Родрику действительно ПЛАТЯТ за то, чтобы он вёл себя как придурок, то он пред-стаёт передо мной совершенно в другом свете.

Кто знает? Может, в реальной жизни он неплохой парень и в один прекрасный день мы станем добрыми друзьями.

Но если и мои РОДИТЕЛИ — актёры, тогда дело плохо.

За эти годы я сделал кучу открыток на День матери и на День отца. И если всё это надувательство, то мне обязаны заплатить за потраченное время и силы.

Кстати, о деньгах. Уверен, что мои НАСТОЯЩИЕ родители обеспечены на всю жизнь — благодаря мне.

Я делаю всё, чтобы заработать как можно больше денег, на которые потом смогу жить. Почти во всех телешоу у главного героя есть какая-нибудь фирменная фраза, которую он произносит чуть ли не в каждой сцене. Я придумал СВОЮ фирменную фразу и при каждом удобном случае вставляю её в разговор.

Через несколько лет я буду шлёпать её на всех товарах, на каких только можно, и мне останется только ждать, когда ко мне рекой потекут денежки.

В ЭТОМ можете быть уверены. Я не собираюсь закончить свою жизнь, как эти нафталинные знаменитости, которые продают фотки на автограф-сессиях, чтобы заработать хоть немного баксов.

Насчёт телевидения я усвоил одну простую вещь: любое шоу когда-нибудь заканчивается. В последнем сезоне, чтобы поднять рейтинг, обычно появляется какой-нибудь новый зверёк или умильный ребенок.

Когда родился мой младший брат Мэнни, я сразу догадался, что меня, звезду шоу, хотят заменить на новое, свежее лицо.

Я только одного не мог понять: как младенец может быть АКТЁРОМ? Я подумал, что, наверное, Мэнни — кукла, и ею управляет взрослый, который где-то прячется.

Я так и не нашёл этому доказательств, но время от времени проверяю это — просто на всякий случай.

Когда Мэнни подрос, стало ясно, что он передвигается сам. Тогда я подумал: может, на самом деле он суперсовременная заводная игрушка или РОБОТ?

Вообще-то ВСЕ в моей семье могут быть роботами, и только я единственный — человек. Как известно, роботам для подзарядки нужно электричество, этим можно объяснить, почему у нас в каждой комнате по две-три розетки.

ЕЩЁ этим можно объяснить значение некоторых фраз, которые произносят родители, когда думают, что я их не слышу.

Если роботам нужны батарейки, понятно, почему их так много в пластиковой коробке, которая стоит в комнате для стирки белья. Я точно не знаю, куда ВСТАВЛЯЮТСЯ батарейки у роботов, но у меня есть некоторые предположения на этот счёт.

Я решил, что есть только один способ узнать, являются члены моей семьи роботами или нет, — устроить короткое замыкание. Ну не знаю, или папа — водонепроницаемый робот, или он обычный человек без чувства юмора.

После ТОГО случая меня посадили под домашний арест на наделю. Те, кто смотрит моё шоу, наверно, смеялись от души, но я уверен, что рейтинги на какое-то время рухнули.

Очень может быть, что я вовсе НЕ звезда телешоу, а самый обычный ребёнок, который живёт самой обычной жизнью. Но всё равно за нами КТО-ТО наблюдает.

Во Вселенной полно планет, и где-нибудь ОБЯЗАТЕЛЬНО должна быть разумная жизнь. Некоторые люди говорят, что если бы инопланетяне реально существовали, НЛО мелькали бы в небе постоянно. А я думаю, что инопланетяне НЕ ДУРАКИ, они ведут себя тихо, пока не придёт время захватить Землю.

Может быть, в эту самую секунду они шпионят за нами, собирают информацию о нашей жизни.

Я уверен, что мухи — это на самом деле маленькие дроны, которые инопланетяне используют для того, чтобы передавать изображения на свои корабли. Если вы когда-нибудь рассматривали увеличенный рисунок мухи, то не могли не заметить, что их «глаза» — это в действительности высокотехнологичные камеры.

Единственное, чего я не понимаю, — это почему инопланетян так тянет к собачьему дерьму. Наверно, у них есть на то свои причины.

Я пытаюсь донести свои теории до родителей и других взрослых, но ребёнка, конечно, никто даже слушать не хочет. Поэтому при каждом удобном случае я даю понять инопланетянам, что я на их стороне.

Я надеюсь, что веду себя с мухами правильно. Но если дроны пришельцев — это на самом деле КОМАРЫ, то инопланетяне могут нагрянуть в любой момент.

Дело в том, что мне ВСЕГДА казалось, что за мной наблюдают.

Когда умерла бабушка, мама сказала, что со мной никогда не случится ничего плохого: ведь за мной с небес наблюдает бабуля. Это, конечно, здорово и всё такое, но у меня куча вопросов насчёт того, как это работает.

Если бабуля наблюдает за мной, когда я катаюсь на скейтборде или занимаюсь чем-нибудь таким, где меня надо подстраховать, то я не возражаю. Но иногда нужно и одному побыть.

Меня беспокоит, что, когда бабуля была жива, я иногда грубил ей. Если бы я был на её месте, мне было бы совершенно НАПЛЕВАТЬ, что случится с этим мальчишкой.

ТЫ ВОНЯЕШЬ,
КАК ПУЧОК
СПАРЖИ!

Если бабуля смотрит в другую сторону, когда я переходжу улицу или что-то типа того, я её не виню.

Если бабуле приходится следить за мной целыми днями, то я ей СОЧУВСТВУЮ. Она всю жизнь работала официанткой и заслужила право на ОТДЫХ.

Надеюсь, что там, на облаках, она сидит в ванне с пеной и читает любовные романы, а не следит за тем, сделал ли какой-то неблагодарный школьник уроки или нет.

Я вам ВОТ ЧТО скажу: если я попаду на небеса, то целыми днями буду плавать в огромном бассейне, наполненном мармеладными мишками, и кувыркаться в облаках.

Я не собираюсь тратить время на то, чтобы присматривать за каким-то там праправнуком, которого я едва знаю.

Это может быть забавно только в том случае, если я смогу наказывать своих потомков, когда они сделают что-нибудь, что выведет меня из себя.

Недавно мама сказала, что за мной наблюдает
не только БАБУЛЯ, но и ВСЕ остальные умершие
родственники.

Лучше бы она мне этого не говорила. Ведь теперь,
когда я списываю у Алекса Аруды на диктанте,
то чувствую себя виноватым в сто раз сильнее.

Мне хотелось бы знать, на сколько предыдущих поколений это РАСПРОСТРАНЯЕТСЯ. Если на несколько
поколений, это ещё куда ни шло, но если на всё мое
фамильное древо с самого начала, тогда это совсем
другая история.

Я вот что хочу сказать: если за мной наблюдают родственники из каменного века, то этих ребят может здорово озадачить то, чем я занимаюсь каждый день.

Честно говоря, мне неприятно, что все эти люди за мной подглядывают. Если мои родственники и вправду наблюдают за мной в тот момент, когда я выхожу из душа или пробую на вкус серу из ушей, то в будущем, когда мы воссоединимся, нам всем будет очень неловко.

Четверг

На этой неделе у нас в школе открылась книжная ярмарка, и сегодня утром мама дала мне двадцать долларов, чтобы я купил себе что-нибудь.

Я ДУМАЛ, что могу купить то, что я хочу, но оказывается, мама ожидала, что я потрачу все деньги на КНИГИ.

Но ведь когда у тебя появляется шанс купить гигантский карандаш с выпученными глазами, устоять почти невозможно.

Кроме карандаша я купил ещё постер с котом, который говорит что-то ехидное, ластик в виде панды, калькулятор, который светится в темноте, ручку, которой можно писать под водой, и ещё один гигантский карандаш с выпученными глазами, на случай если мой первый карандаш потеряется или его украдут.

Я подумал, что маме может не понравиться, как я потратил её деньги, поэтому я подстраховался и купил йо-йо с правильным месседжем.

Но маму это не впечатлило. Она говорит, что завтра я должен снова сходить на ярмарку и обменять всё, что купил, на книги.

Мама говорит, что мозг — как мышцы: если его не тренировать чтением и разной творческой работой, он теряет тонус.

Она говорит, что от телевизора и видеоигр мой мозг становится дряблым, и если ничего не изменится, то я до конца жизни останусь тупым зомби.

Мама сказала, что если я выключу телевизор и отложу в сторону пульт, то, вероятнее всего, смогу открыть в себе какой-нибудь талант, о котором даже не подозревал.

Идея, конечно, хорошая, но мне кажется, что каждый раз, когда мама заставляет меня выйти из зоны комфорта, это всегда заканчивается плохо.

В третьем классе у нас в школе были уроки поэзии. Когда я показал маме, над чем я работаю, это произвело на неё большое впечатление. Она отправила одно из моих стихотворений в Национальный совет по поэзии, чтобы ОНИ сказали, есть ли у меня какие-нибудь способности.

Через две недели нам прислали по почте письмо.

НАЦИОНАЛЬНЫЙ СОВЕТ ПО ПОЭЗИИ

Уважаемый Грегори Хэффли!

Примите наши поздравления! Мы выбрали Ваше стихотворение «Моё дурацкое лето» для публикации в престижном ежегодном издании «Антология поэзии» — собрании лучших произведений самых многообещающих американских поэтов.

Мама СТРАШНО обрадовалась этой новости, да и я, честно говоря, тоже. Я решил стать поэтом и даже начал по-другому одеваться в школу.

Но вся эта «Антология поэзии» оказалась просто ШУТКОЙ. Во-первых, в книге было около тысячи страниц, и все стихотворения были напечатаны очень мелким шрифтом. Я потратил целых полчаса, чтобы найти своё стихотворение, а они ещё и моё имя неправильно напечатали.

Я прочитал несколько стихотворений других авторов — они были УЖАСНЫ. У меня создалось впечатление, что почти все они написаны пятилетними детьми.

Мой Черепашка Фрэд
Автор Майя Пиблз

Мой черепашка Фрэд
Не умер нет
В панцире своём он спит
А когда умрёт
Наверно запашок пойдёт

Было совершенно очевидно, что в эту книгу могли попасть стихи ВСЕХ ЖЕЛАЮЩИХ, — «собрание лучших произведений» оказалось самым обыкновенным надувательством. Я думаю, что таким способом Национальный совет по поэзии зарабатывает деньги: продаёт книжку тем, чьи стихи в ней БЫЛИ ОПУБЛИКОВАНЫ.

В чём я абсолютно уверен, так это в том, что Национальный совет по поэзии ЗДОРОВО заработал на нас. Мама купила десять экземпляров, чтобы подарить их родственникам, а каждая книга стоила восемь баксов.

Ещё она купила несколько экземпляров для МЕНЯ — вдруг я когда-нибудь захочу подарить их своим детям.

Национальный совет по поэзии забрасывал нас письмами и надоедал звонками, предлагая купить ещё книги. Мне кажется, что через какое-то время мама наконец поняла, что это была просто разводка.

Мои экземпляры «Антологии поэзии» лежат в комнате для стирки белья, там от них есть хотя бы какая-то польза.

Раз уж мама решила, что я ОСОБЕННЫЙ, она ни за что от своего не отступит. Она даже пыталась добиться, чтобы я занимался по программе для талантливых и одарённых детей.

В начальной школе все способные дети занимались по программе для талантливых и одарённых детей.

Наверное, учителя не хотели, чтобы мы, обычные дети, чувствовали себя неполноценными, поэтому они использовали кодовое слово, когда во время урока вызывали группу талантливых и одарённых на собрание.

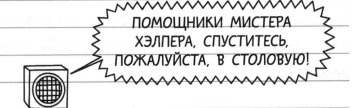

ПОМОЩНИКИ МИСТЕРА ХЭЛПЕРА, СПУСТИТЕСЬ, ПОЖАЛУЙСТА, В СТОЛОВУЮ!

Мистер Хэлпер был нашим дворником, и я долгое время думал, что помощники мистера Хэлпера — это обычные волонтёры, которые хотят помочь ему убрать мусор и всякое такое.

Только потом до меня дошло, что помощники мистера Хэлпера — это самые умные дети в нашем классе.

12.30 ланч
13.00 обществознание
14.00 чтение

Мама считала, что моё место — в группе для талант-ливых и одарённых, и пыталась убедить учителей зачислить меня туда. Я должен был пройти ТЕСТ, чтобы доказать, что я умный.

Я не помню всего, что было в этом тесте, но один вопрос мне запомнился.

Закончи фразу:

Джонни — первый по математике.

Джонни — первый по плаванию.

Джонни — первый по чтению.

Джонни — первый _____.

Сейчас, когда я оглядываюсь назад, я понимаю, что мне нужно было написать, в чём ещё Джонни — первый. Но мне так не понравился этот Джонни, что я написал совсем не то, что от меня ожидали.

Джонни — *показушник.*

Я с треском провалил тест, но мама злилась на учителей, потому что считала, что я достаточно умный, чтобы заниматься вместе с талантливыми и одарёнными. Но можете мне поверить: эти дети — совсем другой уровень.

В принципе, я рад, что не попал к ним. В средних классах дети вроде Алекса Аруды на переменке должны сидеть в классе и заполнять для учителей налоговые декларации.

Наверное, маме было очень обидно, что я не попал в группу к талантливым и одарённым, и через пару недель она сообщила мне приятную новость. Она сказала, что учителя объявили меня одним из членов специального клуба, который называется «Чемпионы» и в котором два раза в неделю проходят тайные собрания.

Этот клуб меня ужасно заинтересовал, и я очень нервничал, когда отправился на первое собрание. Но чемпионами оказались дети вроде меня, которые не умели выговаривать букву «р», и поэтому мы должны были заниматься с миссис Пресси по вторникам и четвергам.

Не знаю, кто придумал название «Чемпионы», но должен вам сказать, что оно нам УЖАСНО нравилось.

На переменке, если шли чемпионы, все дети расступались.

Нас не любили только Красноречивые ящерицы. Они занимались по понедельникам и средам и учились произносить букву «ш». Мне кажется, что они нам просто завидовали: ведь у них было такое дурацкое название.

Мы, чемпионы, были очень дружными, и я с нетерпением ждал собраний, которые проходили по вторникам и четвергам: эти собрания всегда заканчивались весёлой потасовкой.

Но мама переживала, что я никак не могу научиться выговаривать букву «р», и наняла репетитора, которая занималась со мной после школы. Через несколько месяцев я мог выговаривать букву «р» без всяких проблем.

КРЫСА
ГОРА
УБОРНАЯ
РАДУГА
ТРЕЩОТКА

К несчастью, это означало, что мне больше не надо заниматься вместе с чемпионами. Чтобы остаться в клубе, я несколько недель ПРИТВОРЯЛСЯ, что не умею выговаривать букву «р». Но однажды я потерял бдительность и выдал себя с головой.

После этого я стал изгоем. Даже Красноречивые ящерицы не хотели иметь со мной ничего общего.

Я думаю, что ВСЕ родители считают своих детей особенными, даже если это не так. И мне кажется, что это начинает слегка выходить за рамки.

Этой весной Мэнни ходил на футбол, и его команда ОБЛАЖАЛАСЬ. Они не забили ни одного гола, а другие команды забивали как минимум десять голов за игру. Не помогало и то, что их вратарь Такер Рэми занимался только тем, что запихивал траву себе в пупок.

В конце сезона состоялась церемония награждения. Я думал, что призы получит только команда победителей, как было, когда я играл в футбол. Но некоторые родители, наверно, боялись, что дети, чьи команды проиграли, будут чувствовать себя неполноценными, и в этом году призы получили ВСЕ.

Призы были КЛАССНЫМИ. Очень большие, из металла, а не из дешёвой пластмассы, как те, которые давали, когда я был маленький. Больше всех своим призом гордился Такер Рэми.

Интересно, не будет ли у этих детей проблем в дальнейшей жизни? Лично на МЕНЯ эти футбольные призы произвели большое впечатление. Время от времени я думаю о том, чтобы принять участие в каком-нибудь школьном конкурсе, но когда я вижу размер призов, то сразу теряю к этому всякий интерес.

<u>Пятница</u>

Сегодня я обменял почти всё, что купил на книжной ярмарке, но мама не обрадовалась, когда увидела, что я принёс взамен.

Я выменял свои вещи на кучу книжек из серии «Мурашки по коже», от которых у нас в школе все в восторге.

Мама сказала, что ей хотелось, чтобы я купил себе более «серьёзные» книги, но выбирать мне было практически не из чего. Книжная ярмарка проходит за несколько недель до Хэллоуина, и там продаются в основном такие книжки.

СТРАШНО ХОРОШИЕ КНИГИ

Примерно 90% книг, которые продавались на ярмарке, были из серии «Мурашки по коже». Ещё была куча подделок под «Мурашки». Не знаю, законно ли это, мне кажется, в этом есть что-то неправильное.

ВОЛОСЫ ДЫБОМ

МОЙ БЕЗМОЗГлый БРАТ

О.Н. МОГИЛА

МОРОЗ ПО КОЖЕ

КАК МОЙ ПУПОК ПЫТАЛСЯ МЕНЯ СЪЕСТЬ!

И.С. ПУГАЙКИН

У меня такое впечатление, что эти ужастики появились ИЗ НИОТКУДА. Последней серией книжек, которая пользовалась безумной популярностью у нас в школе, была серия «Похитители трусов», но это уже — дело прошлое.

На этой неделе я видел, как один ребёнок шёл по коридору с книжкой из серии «Похитители трусов» и какой-то восьмиклассник натянул ему трусы на голову.

Вообще-то я не очень люблю ужастики, потому что после них мне снятся кошмары.

Роули ещё больший трус, чем я: все книжки, которые ОН выбирает, — из МАЛЫШКОВОЙ серии «Мурашки по коже». Они для тех, кто ходит в детский сад.

Мне хотя бы хватает смелости читать НАСТОЯЩИЕ ужастики. В одной из книг, что я купил, рассказывается о парне, которого заморозили, и он просыпается в будущем.

Я думал, что это просто научная фантастика, но Альберт Сэнди сказал, что слыхал об одном богатом парне, который собирается сделать это НА САМОМ ДЕЛЕ.

Альберт сказал, что смотрел выпуск новостей, в котором показывали одного старого миллиардера: он больной-пребольной и отдал кучу денег, чтобы его заморозили. Через сотню лет его РАЗморозят. Он уверен, что к тому времени научатся лечить все болезни и он будет жить вечно.

По МНЕ, заморозка — отличный план. Если я когда-нибудь разбогатею, то сделаю ТО ЖЕ САМОЕ.

Только я не буду ждать старости, как тот миллиардер.

Я думаю так: если заморозить себя в глубокой старости, то, когда тебя разморозят в будущем, ты будешь ворчливым старикашкой, и тебе будет не до веселья.

Если через пару лет я выиграю в лотерею или ещё что-нибудь такое, то куплю себе билет в будущее в один конец.

Свой план я держу в секрете. Всё из-за этого хулига-
нистого парня из нашей школы, Филипа Кривелло,
у которого богатые родители.

Если он узнает про мой план, то сделает то же самое,
и мне придётся иметь с ним дело через сто лет.

Мне кажется, что сто лет — это не так уж и далеко.

К тому времени у меня наверняка будет куча внуча-
тых племянников и племянниц, и с ними надо будет
кому-то сидеть. А я не хочу отдавать все свои деньги,
чтобы в будущем менять вонючие памперсы.

Я планирую оставаться в замороженном состоянии
гораздо дольше — где-нибудь ТЫСЯЧУ лет; жизнь
тогда будет РЕАЛЬНО интереснее.

Но больше чем тысячу лет мне не надо: кто ЗНАЕТ,
в кого превратятся люди к тому времени.

Если через пару лет я НЕ выиграю в лотерею, придётся мне найти вариант подешевле. Альберт Сэнди говорил, что те, кому не по карману заморозить себя целиком, могут заморозить только МОЗГ.

Я боюсь отдавать свой мозг людям, которых совсем не знаю. Я думаю, что сотрудникам не так уж много платят за то, что они просто сидят, ждут и ничего не делают. И меня беспокоит квалификация тех, кто работает в этих морозильных хранилищах.

Думаю, что после того, как мозг разморозят, его вставят в робота, и, наверно, понадобится много времени, чтобы к этому привыкнуть.

Если у меня получится наскрести нужную сумму, я заморожу себя ЦЕЛИКОМ, и это будет ПРАВИЛЬНО. Ведь когда выбираешь вариант подешевле, потом приходится жалеть об этом.

Суббота

До Хэллоуина остаётся всего несколько недель, и сегодня утром наша семья украшала фасад дома.

Раньше мы вешали только самое необходимое: немного паутины, несколько фонарей из тыквы и пару пластмассовых пауков. Но потом наши соседи начали наряжать свой дом чем только можно, и наши украшения стали выглядеть жалко.

Поэтому в прошлом году мама дала Родрику сорок баксов и велела сходить в магазин и купить ещё украшений для парадного входа.

Но Родрик все деньги потратил на страшную пластмассовую ведьму на батарейках.

Работает она так: если хлопнуть в ладоши или издать громкий звук, ведьма начинает зловеще каркать и каркает без остановки ЦЕЛУЮ ВЕЧНОСТЬ. Потом *её* начинает трясти, и *её* глаза загораются красным.

Тот, кто придумал эту штуку, установил очень большую громкость, и сделать звук тише никак нельзя. Приходится ждать, пока ведьма не проделает все свои штуки, а длится это минуты две.

В прошлом году мы повесили её над дверью, но маленькие дети очень боялись этой штуки, и сладости осмелились выпрашивать только подростки — они явились после десяти вечера.

ТУК
ТУК
ТУК

На следующий день после Хэллоуина папа спустился в котельную, которая находится в подвале, посадил ведьму на полку, и с тех пор она так и сидит там. Но это не значит, что она не создаёт ПРОБЛЕМ.

Ведьма ОЧЕНЬ чувствительна к звукам, иногда она заводится от малейшего шороха, даже если шорох раздался на другом этаже.

ХУЖЕ ВСЕГО то, что ведьма, кажется, живёт своей жизнью, иногда она включается ни с того ни с сего, даже если никто НЕ ШУМИТ. Из-за этой штуки у меня дома сорвались как минимум две ночёвки.

Я целый год убеждал родителей выбросить эту ведьму, но папа говорил, что это всего лишь пластмассовая игрушка и что мне пора перестать быть таким пугливым.

Наверно, маме надоело, что ведьма то и дело включается, и несколько недель назад она велела папе спуститься в котельную и вытащить из ведьмы батарейки. Он так и сделал.

А ДАЛЬШЕ случилось нечто, из-за чего я больше ни разу не спускался в котельную.

КАР-КАР-КАР
КАР-КАР-КАР

Самое фиговое, что все мои старые костюмы для Хэллоуина лежат в котельной. И если мама не купит мне чего-нибудь НОВЕНЬКОГО, то выпрашивать сладости в этом году я не буду.

Воскресенье

Ну что я могу сказать?.. Все наши усилия, которые мы потратили, украшая дом на Хэллоуин, пропали даром.

Ночью в фонари из тыкв забрались гуси и устроили СТРАШНЫЙ бардак.

Каждый год, осенью, гуси летят зимовать на юг и делают остановку в нашем городе. Они торчат здесь несколько недель, а потом летят дальше. Обычно они гадят на футбольном поле, которое находится в городском парке, но в целом они безобидны.

В этом году по какой-то непонятной мне причине гуси стали ОЧЕНЬ агрессивными по отношению к людям.

Последние несколько недель они почти каждый день налетают на нас с Роули, когда мы возвращаемся домой из школы.

Гуси гоняются не только за ДЕТЬМИ. Каждый раз, когда папа отправляется за почтой, он вооружается для битвы.

Папа хочет позвонить в службу контроля за животными, чтобы гусей убрали с улицы, но мама ему не разрешает.

Она говорит, что гуси делают остановку в этих местах уже тысячу лет, и, если уж на то пошло, это МЫ вторгаемся в их жизнь.

Лично я ничего не имею против животных, пока они держат дистанцию. Но если мы не проведём где-нибудь разделительную линию, нас ждут большие неприятности.

Наша учительница биологии рассказывала, что 40 000 лет назад собаки были дикими животными, прямо как волки. А потом они, наверно, увидели наши тёплые костры и уютные пещеры и захотели к нам пристроиться. Они завиляли хвостами, исполнили пару трюков, и всё — мы были завоёваны.

Сейчас собаки живут ПРИПЕВАЮЧИ. Люди тратят все свои деньги, покупая им вкусную еду и мягкие подстилки.

Я уверен, что волки выглядят такими угрюмыми, потому что завидуют, что не ОНИ подлизались к людям первыми.

КОШКИ тоже не дуры. Прошлым летом миссис Фредерикс, которая живёт в начале улицы, накормила кошку, которая околачивалась у неё во дворе. После этого к ней каждую ночь стали приходить ЕЩЁ кошки. Кошки заняли весь её дом, и недавно ей пришлось продать машину, потому что ей не хватало денег им на еду.

НАШ питомец — ПОРОСЁНОК — тоже доставляет нам
проблемы. Лично я считаю, что он должен жить
на улице — в будке, в сарае или где-нибудь типа
этого, но он живёт в доме вместе с НАМИ. Мало того,
что он пользуется той же ванной, что и я, он ещё
и моей ЗУБНОЙ ЩЁТКОЙ пользуется, уверен
в этом на 99%.

Эта зверюшка очень УМНАЯ, поэтому я нервничаю.

Мне кажется, что поросёнок пытается научиться с нами ОБЩАТЬСЯ. У Мэнни есть игрушка, которая называется «Смотри и повторяй»: дёргаешь за верёвочку, и она произносит слово.

Поросёнок каким-то образом понял, как ею ПОЛЬЗОВАТЬСЯ, и иногда ему удаётся составить целую фразу.

В последнее время я думаю, что мы с ним могли бы стать командой. Я слышал, что обоняние у свиней в две тысячи раз сильнее, чем у людей. Этот талант мог бы мне пригодиться.

Мама всегда за пару недель до Хэллоуина покупает конфеты для детей, которые в праздник ходят по домам и кричат: «Сладость или гадость?» Она прячет конфеты, чтобы никто из нас до них не добрался. Я перевернул весь дом вверх дном, но пока мне не повезло. Поросёнок, может, и знает, что я ищу, но не торопится мне помогать.

Для детей это время года — сплошное ИЗДЕВАТЕЛЬСТВО. По телевизору крутят ролики, рекламирующие сладости, а когда ты заходишь в магазин, то создаётся впечатление, что тебя ПЫТАЮТСЯ подбить на что-то нехорошее.

Мама говорит, что, пока не наступит Хэллоуин, конфет мне не видать. Я думаю, что это жестоко.

Кажется, я придумал, как раздобыть конфет ДО Хэллоуина. В нашей школе каждый год, в октябре, проводят конкурс, который называется «Мы запускаем шарики!».

Каждый ученик получает гелевый шарик, а потом все вместе одновременно эти шарики запускают. Вам дают маленькую карточку, на которой нужно написать своё имя, фамилию и адрес, и, когда люди найдут ваш шарик, они должны будут прислать его обратно.

ПРИВЕТ ВСЕМ! МЫ ЗАПУСКАЕМ ШАРИКИ!

Просим вас прислать этот шарик по адресу, указанному на обратной стороне этой карточки, и сообщить нам, как далеко он улетел!

К школьной доске объявлений, которая висит рядом с библиотекой, прикрепили большую карту. Когда ученик сдаёт свой шарик, завуч Рой отмечает на карте кнопкой, как далеко шар улетел.

В конце недели он измеряет путь, который проделал каждый шарик, и определяет, чей шар улетел дальше всех, — этот ученик получает ПРИЗ.

В прошлом году шарик, который запустила Андреа Дженнаро, пролетел сорок три мили, и ей вручили подарочный
сертификат на тридцать долларов для книжной ярмарки.

В ЭТОМ году главным призом будет огромная банка
ирисок. Сейчас она стоит в кабинете завуча Роя.

Учителя надписывают каждый шарик, чтобы никто
не жульничал и не принёс шарик из магазина.

Мне ещё ни разу не присылали шарики обратно.
Мне нужно сделать так, чтобы тот, кто найдёт мой
шарик, ОБЯЗАТЕЛЬНО мне ответил. Я написал письмо
на целых три страницы и очень надеюсь, что оно
не останется без ответа.

Ведь когда речь идёт о бесплатных конфетах, я отношусь к делу очень серьёзно.

Тому, кто найдёт этот шарик:

Я маленький мальчик, у меня нету друзей и мне очень одиноко. Я запустил этот шарик в надежде, что он попадёт к доброму человеку, который напишет мне и принесёт немного радости в мою жизнь.

Понедельник

Сегодня после ланча учителя повели нас всех на баскетбольную площадку, где должен был состояться торжественный запуск воздушных шариков. Я осторожно наступал на покрытие площадки, потому что именно здесь полтора года пролежал Сыр. От него даже пятно осталось.

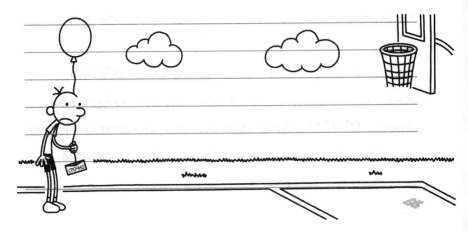

С тех пор, как Сыр держал в страхе всю нашу школу, прошло много времени, но мне кажется, некоторым НРАВИТСЯ, когда есть что-то, чего надо бояться. Несколько раз дети пытались возобновить игру в Поцелуй-Сыр, но учителя были настороже: они не хотели, чтобы опять началась вся эта ерунда.

На переменке одному парню удалось тайком протащить на площадку кусок мяса, который он не съел во время перемены, но «Поцелуй-Мясо» звучит не так прикольно, как «Поцелуй-Сыр».

Несмотря на это, кто-то ВСЁ ВРЕМЯ пытается придумать что-нибудь новенькое. В этом году народу не дают покоя стулья, которые стоят в классе.

Все стулья красные, кроме ОДНОГО. Этот стул жёлтый, и у него сломана ножка. Наверное, в прошлом месяце какой-то ребёнок, сидевший на нём, описался во время затянувшегося собрания. Если вы не обратили внимания и сели на жёлтый стул, то вам не дадут прохода до конца года.

Если хотите знать моё мнение, народ должен радоваться, что Поцелуй-Сыр — дело прошлое, и не нужно пытаться заменить его чем-то другим. Ведь в школе и БЕЗ этого есть о чём волноваться.

Сегодня завуч Рой в мегафон сосчитал до одного, и все отпустили шарики. Должен вам сказать, это был очень волнительный момент — видеть, как все шарики одновременно поднялись в воздух.

Но наша радость была НЕДОЛГОЙ.

Почти все шарики полетели к вышке сотовой связи, которая стоит на холме, недалеко от футбольного поля, и там и остались.

К счастью, мой шарик тянуло вниз из-за дополнительного веса: письма, которое я написал. Он пролетел ПОД вышкой, а потом замелькал над верхушками деревьев, которые растут на той стороне холма.

Вряд ли мой шарик улетит так далеко, как шарик Андреа Дженнаро, но мне это и не НУЖНО. Кто-то просто должен найти мой шарик и прислать его обратно, и тогда банка ирисок — МОЯ.

Очень надеюсь, что эти люди не будут звонить, а напишут. В письме я указал номер маминого мобильного, но, пока починят вышку и в городе снова заработает мобильная связь, пройдёт несколько дней.

<u>Среда</u>

Прошло уже два дня, а от моего шарика нет никаких вестей. Я начинаю беспокоиться: ведь конкурс заканчивается в понедельник, и если никто не получит назад свои шарики, то, я уверен, завуч Рой оставит ириски СЕБЕ.

В последнее время мне трудно сосредоточиться на учёбе. К счастью, домашние задания не очень сложные. По чтению нам задали написать биографию известного писателя, и я выбрал парня, который сочиняет книги для серии «Мурашки».

Но оказалось, что о нём нет практически НИКАКИХ сведений. Мне удалось найти лишь краткую информацию в конце его книг.

Кто такой Я. Ужас-Тихий?

О загадочном авторе по имени Ужас-Тихий мало что известно. Мы знаем наверняка только одно: прямо сейчас он работает над новой потрясающей книгой для серии «Мурашки по коже»!

Хорошая новость: поскольку я не смог ничего найти об Ужасе-Тихом, я покончил с его биографией за пару минут.

БИОГРАФИЯ ПИСАТЕЛЯ

ФАМИЛИЯ ПИСАТЕЛЯ: Я. Ужас-Тихий

ГОД РОЖДЕНИЯ: ???

МЕСТО РОЖДЕНИЯ: ???

ХОББИ: ???

ОБРАЗОВАНИЕ: ???

ИНТЕРЕСНЫЕ ФАКТЫ О ПИСАТЕЛЕ:

???

Мне кажется, что если у вас фамилия Ужас-Тихий, вам ничего не остаётся, кроме как зарабатывать на жизнь, сочиняя ужастики.

Лучше бы я не начинал читать эти «Мурашки». Ведь если вы начинаете их читать, ОТОРВАТЬСЯ уже невозможно. А они начинают влиять на вашу каждодневную жизнь.

Поход к дантисту никогда не был для меня праздником, но после того, как я прочитал историю в 67-м выпуске «Мурашек», всё стало ещё ХУЖЕ.

Я прочёл все книги из серии «Мурашки», какие были в нашей библиотеке, и, чтобы не останавливаться, одолжил у Роули ещё несколько «Мурашек», написанных для малышей.

Как я и предвидел, после этих книг мне начали сниться кошмары. В 71-м выпуске «Мурашек» рассказывается о мальчике, у которого вырос хвост, как у ящерицы, и он пытается скрыть это от своих родных и учителей.

Я. Ужас-Тихий

Эта история реально меня напугала. Вечером я прочитал книгу, а ночью мне приснилось, что у меня вырос хвост.

Вообще-то начинался сон очень ХОРОШО: ведь при помощи хвоста можно делать массу забавных вещей, о которых раньше ты даже не подозревал.

Во сне я не стыдился своего хвоста — я им ГОРДИЛСЯ. И при каждом удобном случае пользовался им.

Меня не устраивало только одно: когда я начинал волноваться, мой хвост меня выдавал.

Но потом мой хвост неожиданно стал ПРОБЛЕМОЙ.

Люди начали мне завидовать, и не успел я оглянуться, как

на меня устроили облаву, как на какое-нибудь чудовище.

КУДА ОН ПОДЕВАЛСЯ?

Я бросился НАУТЁК и выскочил в окно, горожане

гнались за мной по улице и по торговому центру.

Я почти оторвался от них, но тут мой хвост защемило

на эскалаторе.

Клянусь, я прямо ПОЧУВСТВОВАЛ, как его защемило, — и тут я проснулся.

Сон был настолько правдоподобным, что я включил свет, чтобы проверить, не ВЫРОС ли у меня хвост на самом деле. Должен вам сказать, я был немного разочарован, когда понял, что там ничего нет.

Это не ЕДИНСТВЕННЫЙ кошмар, который приснился мне после этих книг.

В другой раз мне снилось, что я попал в плен к пиратам-зомби и они велели мне пройти по мостику. Я почему-то всё время повторял этот дурацкий стишок.

К несчастью, я произносил эти слова НА САМОМ ДЕЛЕ, и теперь у Родрика есть видео, где я разговариваю во сне.

Иногда мои сны до того нелепы, что я сразу ПОНИ-
МАЮ: мне снится кошмар. Когда это происходит,
я пытаюсь из него выбраться.

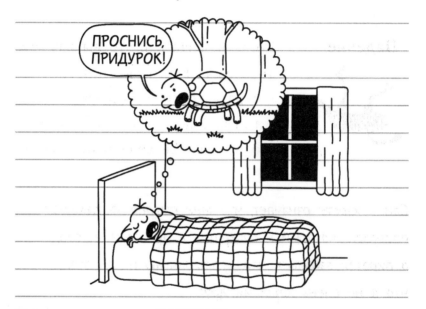

Иногда мне только КАЖЕТСЯ, что мне снится кошмар,
а на самом деле он мне НЕ снится. И когда я пытаюсь себя разбудить, то понимаю, что не сплю.

У мамы есть книга, которая объясняет сны, — это ужасно интересно. Всё, что происходит с вами во сне, имеет глубокий смысл.

Падение

Когда вам снится, что вы падаете, это означает, что вы боитесь потерять контроль над своей жизнью. Ещё это может означать, что вы боитесь чего-то не успеть.

Сон о хвосте означает, что мне стыдно за какой-то поступок, который я совершил в прошлом. А сон о пиратах означает, что я переживаю из-за того, что я не очень хороший друг.

Недавно мне приснилось, что у меня выпали зубы: это означает, что я боюсь взрослеть. Похоже, что так оно и есть.

А вот сон, который приснился мне ПРОШЛОЙ ночью, мне не разгадать НИКОГДА: это была полная белиберда.

Четверг

Зря я выбрал автора «Мурашек» для домашнего задания по чтению. Почти ВСЕ ребята из моего класса выбрали биографию Ужаса-Тихого, но НИКТО не нашёл никакой информации об этом парне. Наверно, наша учительница миссис Мотт решила, что мы дурачимся, и сказала, что каждый день на переменке мы будем оставаться в классе, пока не сделаем задание заново.

Мне кажется, миссис Мотт разозлилась ещё и потому, что её уже просто достало, что все пишут сочинения по книгам серии «Мурашки».

На прошлой неделе минимум пятеро ребят для домашнего задания по чтению выбрали одну и ту же книжку, и терпение миссис Мотт лопнуло.

Последней каплей стал доклад Аманды Пиклер
по книге «Мозг с выкрутасами». Аманда принесла
в класс муляж мозга, который был сделан из желатина.
Мозг выскользнул у неё из рук и шлёпнулся
на пол — двое ребят упали в обморок.

Многим родителям тоже не нравятся книжки из серии
«Мурашки по коже». Я слышал, что папа Дэнни Макгларка
пришёл на родительское собрание, которое проходило
на прошлой неделе, и сказал, что хочет, чтобы эти книги
запретили, потому что они учат детей КОЛДОВСТВУ.

Думаю, мистер Макгларк застукал Дэнни в гараже, когда тот занимался «тёмными искусствами», и свалил всё на «Мурашки».

Но, как я слышал, Дэнни готовится к конкурсу талантов, который проходит осенью, и скорее всего он просто учился показывать фокусы.

Я очень надеюсь, что серию «Мурашки» не запретят: ведь только благодаря им я имею по чтению приличные оценки.

К концу года мы должны прочитать 15 книг. ВСЕ мои книжки — из этой серии. Чтобы доказать, что вы действительно прочитали книгу, нужно пройти тест.

За все тесты, которые я проходил, я набирал 100 баллов, — это доказывает, что мне действительно интересны те книги, которые я читаю.

Вопрос 12:

Кого съели Болтливые Зубастики?

○ Маму ○ Малышку Эллис

○ Папу ● Всех вышеперечисленных

Когда я пришёл домой, я рассказал маме, что миссис Мотт хочет, чтобы я переделал задание по биографии писателя, и я не знаю, что мне делать.

Мама сказала, что я не могу найти никакой информации о писателе Ужасе-Тихом потому, что его просто НЕ СУЩЕСТВУЕТ.

Я сказал, что это просто смешно: этот парень написал почти 200 книг. Мама объяснила, что иногда издатели придумывают вымышленного автора, а потом нанимают кучу людей, которые пишут книги под его именем.

Вот что я хочу сказать: если это окажется правдой, то я считаю себя обманутым. Но ещё больше мне жаль РОУЛИ: он зря потратил время на то, чтобы написать Ужасу-Тихому письмо.

Уважаемый мистер Ужас-Тихий! Прежде всего позвольте сказать что я ваш большой фанат. Но пишу я вам затем чтобы пожаловаться что книжка «Пугливый котёнок и дом с привидениями» получилась СЛИШКОМ страшной.

Мама помогала мне найти другого писателя, который оказался бы живым человеком, когда раздался стук в парадную дверь. Я пошёл открывать: на крыльце стояла какая-то незнакомая дама с ребёнком.

Я очень испугался, когда она спросила: «Тебя зовут Грег Хэффли?» Именно в тот момент я увидел сдувшийся шарик в руке у мальчика и сложил два и два.

Сначала я очень обрадовался: ведь если кто-то нашёл мой ШАР, значит, я получу огромную банку ирисок. Но потом я вспомнил, что я написал в своём письме, и пожалел, что не могу взять некоторые свои слова обратно.

И, наконец, последнее: если вы найдёте этот шарик и без промедления вернёте его мне, я обещаю вам крупное денежное вознаграждение. У меня есть богатый дядюшка, и я уверен, что он будет рад вас отблагодарить.

С уважением, Грег Хэффли

Я не хотел, чтобы эти люди считали меня странным ребёнком, который ищет себе друзей, рассылая письма, привязанные к гелевым шарикам. Но это уже не имело никакого значения. Я решил, что просто возьму у них свой шарик, а они пусть отправляются на все четыре стороны.

Но не успел я и глазом моргнуть, как у парадной двери оказалась мама и пригласила их В ДОМ. Через тридцать секунд двое совершенно незнакомых нам людей уже сидели за нашим кухонным столом.

Дама представилась как миссис Сэлсэм и сказала, что её сына зовут Мэддокс. Они живут в соседнем городе. Этот парень Мэддокс играл на скрипке в своей комнате и увидел, что на ветке за окном болтается воздушный шарик.

Миссис Сэлсэм сказала, что они живут далеко за городом и у них нет соседей. К тому же она работает целыми днями, а вечером учится на курсах, и у неё почти нет возможности приглашать «товарищей по играм» в гости к Мэддоксу.

Она сказала, что как только прочитала письмо, то сразу поняла, что это «судьба». Они сели в машину и приехали к нам.

Я сидел КАК НА ИГОЛКАХ. Всё, чего я пытался добиться, — это получить немного ирисок, а теперь ситуация начинала выходить из-под контроля.

Прежде чем я успел сказать, что всё это просто недоразумение, мама велела мне отвести Мэддокса наверх и поближе познакомиться с ним, а она пока поболтает с миссис Сэлсэм на кухне.

Так этот парень оказался в моей КОМНАТЕ. Похоже,
ЕМУ было так же неловко, как и МНЕ.

Я пытался его разговорить, но не мог вытянуть из
него ни СЛОВА. В конце концов я сдался и стал
делать вид, как будто его вообще здесь нет.

Я включил компьютер, чтобы поиграть в видеоигру,
и тут Мэддокс превратился в СОВЕРШЕННО другого
человека. Он завёлся и начал издавать странные звуки.

Я не понимал, ЧТО происходит, но через пять секунд в мою комнату вбежала миссис Сэлсэм и выключила компьютер. Она сказала, что не разрешает Мэддоксу играть в видеоигры и он так «оживился» потому, что никогда раньше их не ВИДЕЛ.

И зачем только она сказала, что её сын не играет в видеоигры! Не хватало ещё, чтобы мама забивала себе голову всякими дурацкими идеями.

Мэддокс никак не мог успокоиться, и миссис Сэлсэм сказала, что им пора домой. Лично МЕНЯ это устраивало. Но не надо было так спешно выпроваживать их из дома. Ведь когда они уехали, я понял, что так и не получил обратно свой шарик.

Суббота

Вчера я сказал завучу Рою, что мой шар нашли, но он отказался отдавать мне ириски, пока я не принесу шарик в качестве доказательства.

Поэтому, когда сегодня мама сказала, что хочет взять меня в гости к Мэддоксу, я с радостью согласился.
Я решил, что мы немного поболтаем, а потом я схвачу свой шарик и скажу, что мне нужно домой.

Но у мамы были ДРУГИЕ планы. Когда мы подъехали к дому Мэддокса, который действительно СТОЯЛ на отшибе, мама сказала, что поедет с миссис Сэлсэм в город попить кофе, а я останусь с Мэддоксом.

Поверьте, если бы я знал об ЭТОМ с самого начала, то ни за что не сел бы в машину.

Когда мама высадила меня у дома Мэддокса, я решил, что могу хотя бы попробовать провести время с пользой. В этот раз Мэддокс БОЛТАЛ БЕЗ УМОЛКУ — уже неплохо для начала.

Я спросил Мэддокса, есть ли у него что-нибудь из фастфуда, а он ответил, что мама не разрешает ему ничего такого. Я спросил, не хочет ли он посмотреть телевизор, а он сказал, что у них НЕТ телевизора.

Сначала я подумал, что он шутит, но он не шутил: в гостиной я увидел КНИЖНЫЙ СТЕЛЛАЖ, который стоял на том месте, где обычно бывает телевизор.

Книги в этом доме были ПОВСЮДУ.

Я спросил Мэддокса, как он развлекается. И он ответил, что играет на скрипке или собирает «Лего».
Я почувствовал облегчение, когда услышал, что у него есть хоть какие-то ИГРУШКИ. А то этот парень уже начал вызывать у меня беспокойство.

Когда он показал мне, что находится в его комнате, я потерял дар речи.

У него был целый «Лего»-город. Мэддокс сказал, что хочет быть инженером, когда вырастет, и что мама всегда покупает ему набор «Лего», когда он об этом просит. Я могу сказать только одно: она, должно быть, потратила целое СОСТОЯНИЕ.

Я хотел пособирать какой-нибудь из больших наборов Мэддокса, но он меня и БЛИЗКО к ним не подпустил.

Он сказал, что если я хочу поиграть с его «Лего», то могу взять детальки из корзины с «остатками». Это был облом: ведь корзина с остатками была доверху наполнена детальками из разных наборов.

И пока Мэддокс собирал космический корабль из 500 деталей, я обходился тем, что имел.

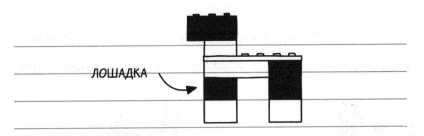

ЛОШАДКА

Где-то через полтора часа наконец вернулись мама и миссис Сэлсэм. К счастью, мой шарик лежал на маленьком
столике, который стоял рядом с парадной дверью,
и я прихватил его, когда направлялся к выходу.

Я собирался было уже сесть в машину, когда из дома
выбежала миссис Сэлсэм, а следом за ней и Мэддокс.
Мэддокс заявил, что я его «обокрал». Я пытался
объяснить, что на самом деле воздушный шарик —
МОЙ, я просто взял его НАЗАД.

Но Мэддокс говорил не о ШАРИКЕ. Он сказал, что
я украл у него деталь из «ЛЕГО». Из корзины с остатками пропала одна деталька. Только не спрашивайте, как он об ЭТОМ узнал.

Я клялся всем, чем только мог, что не брал его деталек, и даже вывернул карманы, чтобы это доказать.
Но он ВСЁ ЕЩЁ не мог успокоиться.

Поэтому мне пришлось разрешить миссис Сэлсэм
и Мэддоксу обыскать меня — это было унизительно.
Но, должен признаться, я был очень доволен, когда
они ничего не нашли.

Я решил, что вопросов ко мне больше нет, и повернулся, чтобы сесть в машину.

В этот момент Мэддокс заметил детальку из «Лего», которая прилипла к моему локтю.

Самое фиговое, что это была всего лишь крошечная квадратная燥еталька. Я уверен, что МИЛЛИОНЫ таких кусочков лежат у Мэддокса в корзине с остатками.

РЕАЛЬНЫЙ РАЗМЕР ДЕТАЛИ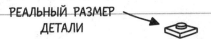

На это наше «товарищество по играм» закончилось.

О хорошем: я получил то, за чем туда отправился. Но, когда мы ехали домой, мама была очень расстроена. Я думал, что она сердится из-за детальки «Лего», но дело было не в этом.

Мама сказала, что огорчена тем, что я не подружился с Мэддоксом: ведь он мог бы стать для меня хорошей «ролевой моделью».

Если мама хочет, чтобы я наладил отношения с кем-нибудь, на кого я действительно мог бы смотреть СНИЗУ ВВЕРХ, ей придётся как следует постараться.

Понедельник

Последние несколько дней мама проводит эксперимент со мной и Родриком. Она хочет посмотреть, как долго будет копиться мусор, пока один из нас не выбросит его без напоминания. Кажется, эксперимент не удался: вчера вечером мама сдалась.

скраб

За ужином мама сказала, что оставила учёбу в колледже не для того, чтобы тратить всё свое время на уборку: собирать разбросанные вещи и отдирать жвачку от наших подошв. Она сказала, что нуждается в «интеллектуальной среде» и возвращается в колледж, где будет учиться целыми днями, чтобы получить степень магистра.

Она сказала: чтобы всё получилось, вы должны взять на себя дополнительные обязанности по дому. А чтобы эти обязанности стали «весёлой игрой», она придумала «Мешок с делами». Это наволочка, в которой лежат маленькие бумажки, а на них написано, что нужно сделать по дому.

Я нисколько не сомневаюсь, что она нашла эту идею в журнале «Семейный досуг».

Каждый день после школы мы должны запускать руку в этот мешок и выполнять какое-нибудь поручение.

Мама сказала, что если мы с Родриком будем выполнять свои обязанности, то она разрешит нам открыть пакет с конфетами для Хэллоуина немного раньше.

Значит, они ГДЕ-ТО в доме! Но эти конфеты будут для меня всего лишь БОНУСОМ: ведь сегодня в школе за свой шарик я получил огромную банку ирисок, которая стояла в кабинете завуча Роя. Как только я пришёл домой, я сразу спрятал её в нижнем ящике своей тумбочки, чтобы ни с кем не делиться.

Припрятав ириски, я сунул руку в «Мешок с делами» и вытащил маленькую бумажку с поручением «Отполируй серебро», — это самое неприятное дело из всего, что там было.

Должно быть, Родрик добавил в «Мешок с делами» СВОИ бумажки. Я увидел, что он спит, а рядом лежит бумажка, на которой что-то написано его почерком.

Я решил съесть немного ирисок, чтобы вознаградить себя за то, что выполнил свою обязанность по дому. Но когда я вошёл в свою комнату, то увидел, что нижний ящик тумбочки выдвинут, а банка ПУСТА.

Преступника я вычислил сразу. На кухне я обнаружил поросёнка: он шатался, будто пьяный или типа того.

Сначала я ужасно разозлился: он не только съел все мои ириски, но ещё каким-то образом додумался, как открутить банку, чтобы их достать.

Потом я ЗАБЕСПОКОИЛСЯ, потому что поросёнку явно было очень плохо.

Я подумал, что дедушка, наверно, знает, что делать, но он ушёл на свидание с миссис Фредерикс. Я разбудил Родрика и спросил у НЕГО, что делать. Родрик сказал, чтобы я позвонил папе. Я позвонил папе, но папа был на совещании.

Я не хотел беспокоить маму, потому что знал, что она в колледже, записывается на курсы. Но поросёнок начал зеленеть, и я ей все-таки позвонил. Я сказал, что поросёнок, кажется, очень болен, и она спросила, не съел ли он чего-нибудь.

Мне не хотелось рассказывать, что он слопал мои
ириски, и я ответил, что не знаю. Она сказала, что
на всякий случай надо отвезти поросёнка к ветеринару, она сейчас выйдет из колледжа и будет ждать нас
у ветклиники.

Родрик не обрадовался, когда я разбудил его второй
раз за пять минут, но, увидев поросёнка, понял, что
медлить нельзя.

Мы поехали к ветеринару. Я сидел на заднем сиденье
и держал поросёнка в руках. На полпути к ветклинике
поросёнок начал издавать странные звуки.

Я попросил Родрика притормозить. Он так и сделал, но было уже поздно.

В машине Родрика, на полу, появилась огромная липкая оранжево-жёлтая лужа. Я уверен, что больше никогда не смогу смотреть на ириски прежними глазами.

Родрик сказал, что это я виноват в том, что поросёнка вырвало, и что это Я должен за ним убрать. Он протянул мне рулон бумажных полотенец и велел приниматься за работу.

Хотя лужа была из ирисок, ПАХЛА она совсем не ирисками. Я сделал глубокий вдох и начал вытирать её, но всё было напрасно.

Я больше не мог терпеть, я чувствовал, что меня самого сейчас вырвет. К счастью, мне удалось вовремя выбраться из машины.

КАК НАЗЛО во дворе дома, напротив которого мы припарковались, стояла дама: она сгребала листья и видела, что произошло.

Должно быть, она решила, что мы плохие парни и что это — какая-то хулиганская выходка. Она сказала, что сейчас вызовет КОПОВ.

Я забрался в машину. Мы помчались на полной скорости и повернули на шоссе. Но уехали мы недалеко.

К счастью, я смог всё объяснить полицейскому. Похоже, подробности его не интересовали.

Не успел коп отъехать, как машину Родрика, стоявшую на шоссе, заметила мама. Она припарковалась за нами. Наверно, поросёнок не полностью очистил желудок и отрыгнул последнюю лужицу ирисок.

Вторник

Вчера вечером, когда мы вернулись домой, мама сказала, что не злится на меня — она РАЗОЧАРОВАНА мной. А когда мама так говорит, значит, всё совсем ПЛОХО.

Она сказала, что её беспокоит, что я «вру», и после происшествия в доме Мэддокса, ещё до истории с поросёнком, она чувствовала, что мне нельзя доверять. Я в тысячный раз объяснил ей, что деталь из «Лего» была просто недоразумением, но у неё уже сложилось своё мнение.

В последний раз подобный разговор был у нас, когда я учился в четвёртом классе, — признаюсь, я тогда действительно заслуживал наказания.

Всё началось с пустяка. Каждое утро мама давала мне завтрак с собой в школу. Я съедал сэндвич и снэк, а фрукты всегда выбрасывал.

Мама узнала, что я не съедаю фрукты, поэтому в один прекрасный день она положила в мой школьный завтрак яблоко и взяла с меня слово, что я принесу домой огрызок в доказательство того, что я съел яблоко. Она сказала, что если я НЕ ПРИНЕСУ огрызок, то она больше не будет давать мне в школу снэки.

За завтраком я позабыл о своём обещании и по привычке выкинул фрукт.

Когда я пришёл домой, мама спросила, где мой огрызок.

Наверное, надо было рассказать всё как есть, но я зачем-то соврал. Я сказал, что утром, когда я шёл в школу, на меня напал хулиган и отобрал у меня яблоко.

С моей стороны это был отчаянный шаг. Но я боялся, что если скажу правду, то назавтра мама не даст мне снэк.

Эта история казалась такой неправдоподобной, что я думал, что мама меня тут же раскусит. Но она стала расспрашивать меня об этом хулигане, и я дал волю фантазии.

Я сказал, что этого парня зовут Кёртис Литц и он на две головы выше меня, у него сросшиеся брови, а на подбородке родинка. Я подумал, что если маме нужны ДЕТАЛИ, то я не должен её разочаровывать.

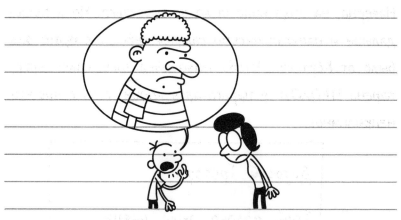

Мама сказала, что она могла бы вмешаться, но не будет этого делать: у меня появилась хорошая возможность научиться улаживать конфликты САМОМУ.

Вечером она принесла мне ручку и бумагу и велела написать Кёртису письмо. Я написал.

Дорогой Кёртис!

Пожалуйста, больше не отбирай у меня яблоко.
Мама говорит, что мне нужны витамины.

С уважением, Грег Хэффли

Наверно, на этом надо было остановиться. Но я пошёл дальше и написал письмо самому себе, как будто оно было от Кёртиса. Чтобы мама убедилась, какой этот парень ПЛОХОЙ, я нарисовал в конце письма кое-что неприличное.

Дорогой Грегори!

Твоё яблоко было очень вкусным. Скажи маме чтобы завтра она прислала мне ещё одно.

От Кёртиса

жопа

Наверное, я переборщил. На следующий день мама отправилась в школу с этим письмом и заявила, что хочет поговорить с Кёртисом Литцем.

Секретарша сказала, что ученика с таким именем и фамилией в нашей школе нет, и мама спросила у меня, где учится Кёртис Литц. Я сказал, что он, наверно, на домашнем обучении.

После этого я начал нервничать, и следующие две недели Роули по моей просьбе съедал за завтраком яблоко и отдавал мне огрызок.

Мне казалось, что мама забыла об этой истории, но как-то в выходные мы в церкви сели за Бартлеманами. Их сын Тэвин, который учился тогда в пятом классе, был как две капли воды похож на моего Кёртиса Литца, и он попал в поле зрения мамы.

Мама заявила родителям Тэвина, что их сын — хулиган и что они должны вернуть ей несколько яблок. Я готов был сквозь землю провалиться: ведь Тэвин Бартлеман — хороший парень, и каждую субботу, по утрам, его семья добровольно работает в бесплатной столовой.

В том же году мама вошла в состав Комитета по сбору денег, который возглавляла миссис Бартлеман. Вскоре мама узнала, как всё было на самом деле, и в качестве наказания меня на месяц лишили права смотреть телевизор.

Фактически я получил **ДВОЙНОЕ** наказание. Каждый раз, когда Тэвин встречал меня в коридоре, он давал мне тумака, и это длилось до конца года.

Вчера вечером мама решила, что в качестве наказания за враньё я каждый день в течение недели должен буду доставать из «Мешка с делами» ТРИ записки с поручениями по дому.

К несчастью, она успела вынуть из него все бумажки, которые положил туда Родрик, а это значит, что шансов вытащить какую-нибудь легкотню у меня нет.

В конце нашего вчерашнего разговора мама сказала, что я смышлёный мальчик и у меня развито воображение, но мне нужно с этим что-то ДЕЛАТЬ.

Послушайте, я не горжусь тем, что вру, но, поверьте, в нашей семье вру не ТОЛЬКО я.

Я по десять раз за неделю слышу, как врут взрослые, но спорю на что угодно, что на самом деле они врут ГОРАЗДО чаще.

Я помню, что в первый раз мама соврала мне, когда мне было годика три: она пыталась заставить меня попробовать брокколи.

ОНИ СЛАДКИЕ, КАК КОНФЕТКИ!

Мама врёт без зазрения совести и МЭННИ.

В прошлом году, в декабре, мама поставила на кухонный стол пряничный домик и сказала Мэнни, чтобы он до него не дотрагивался до Рождества, а то домик превратится в миллион пауков — это же надо было додуматься сказать такое маленькому ребёнку! Но это сработало против неё: Мэнни взял спрей от насекомых и обработал им пряничный домик.

Папа — вообще-то парень честный, но ОН тоже врёт, когда ему это удобно.

Папа ТЕРПЕТЬ НЕ МОГ, когда в наш квартал приезжал фургон с мороженым: как только мы с Родриком слышали музыку из фургона, мы тут же начинали клянчить у папы деньги.

И папа сказал, что музыка в фургоне с мороженым играет только тогда, когда в нём НЕТ мороженого.

Мне кажется, что враньё передаётся по наследству: ведь ДЕДУШКА тоже врёт. Но ему надо было сверить свои истории с папиными. Ведь дедушка говорил, что водитель фургона с мороженым — клоун и он шлёпает детей, которые болтаются на улице.

Мне стыдно в этом признаться, но когда дедушка в первый раз сказал мне это, я ему ПОВЕРИЛ.

Я чувствовал, что обязан рассказать об этом ДРУГИМ детям из нашего квартала.

Я уже знаю, что взрослым в нашей семье доверять нельзя, но так, как мне морочит голову РОДРИК, больше не морочит никто.

Первый раз он соврал мне, сказав, что, если развяжется пупок, отвалится ЗАДНИЦА.

Я рассказал об этом детям, которые ходили со мной в одну группу, и в детском саду поднялся страшный переполох.

Примерно тогда же Родрик сказал, что сиденье для унитаза только для девочек, а мальчики должны поднимать сиденье, — неважно, ЧТО они хотят сделать.

Я поверил ему, и если бы случайно не оставил дверь незапертой, то всю оставшуюся жизнь пользовался бы унитазом неправильно.

Иногда Родрик говорил мне такие вещи, из-за которых у меня потом были БОЛЬШИЕ неприятности. Когда я учился во втором классе, он сказал, что если человек наденет камуфляж, то станет НЕВИДИМЫМ.

Из-за этого меня до конца лета не пускали в городской бассейн.

А ещё враньё Родрика стоило мне ДЕНЕГ. Однажды Родрик сказал, что если я вырою ямку и положу туда все деньги, какие мне подарили на день рождения, то вырастет дерево, и я смогу срывать с него денежки, когда ЗАХОЧУ.

Это показалось МНЕ очень заманчивым.

Я сделал всё, как он мне сказал, и даже поливал своё дерево два раза в день. Но когда я рассказал маме, что моё Денежное дерево не растёт, она взяла лопату и раскопала ямку — там оказалось ПУСТО.

Я рад, что мама тогда вмешалась: ещё чуть-чуть, и все мои денежки, какие мне подарили на день рождения, были бы потрачены на жвачку и комиксы.

Иногда Родрик просто внаглую забирал мои деньги.

Однажды у меня выпал молочный зуб, и я положил его под подушку, чтобы его забрала зубная фея. Когда я решил посмотреть, не оставила ли она мне пятьдесят центов, то нашёл записку, которую, я уверен, написал Родрик.

ИЗВИНИ СЕГОДНЯ У МЕНЯ
НЕТ НИ КОПЕЙКИ.
ПОДБРОШУ В СЛЕДУЮЩИЙ
РАЗ.

З. Ф.

Родрик сказал, что зубная фея не ЕДИНСТВЕННАЯ фея, которая прилетает ночью и оставляет деньги. Он сказал, что есть ещё ручная фея, и ножная фея, и ещё куча разных фей.

Родрик сказал, что, когда ты начинаешь взрослеть, у тебя отваливаются детские руки и ноги. И когда это произойдёт, их нужно положить под подушку, и за них дадут деньги.

Он объяснил, что после ЭТОГО начинают расти взрослые конечности. Но иногда детские руки или ноги ещё только шатаются, а взрослые уже начинают расти.

Я был в УЖАСЕ от того, что со МНОЙ это может произойти, и каждый вечер проверял, хорошо ли держатся мои руки и ноги.

Родрик всё время придумывал, как бы меня испугать. Когда в нашем доме только начали обустраивать подвал, под ступеньками подвальной лестницы зияли дыры.

Родрик сказал, что, если я буду подниматься по ступенькам слишком медленно, меня схватит за ногу чудовище. После этого я начал прыгать через две ступеньки.

Когда у меня ЭТО стало хорошо получаться, я попробовал прыгнуть через ТРИ ступеньки. Наверно, я немного переоценил свои возможности.

Позже наш подвал наконец доделали, и дыры закрыли дощечками. Но БАБУШКИН подвал ещё не закончен, поэтому, прежде чем спуститься по лестнице, я всегда проверяю, свободен ли путь.

Есть ещё одна вещь, которую я услышал от Родрика и которая меня напугала: он сказал, если я рыгну в доме, меня будет преследовать призрак Джорджа Вашингтона. Не знаю, как ЭТО пришло ему в голову, но я до сих пор дважды думаю, прежде чем открыть банку газировки.

Иногда Родрик говорит мне такие вещи, которые МОГУТ оказаться правдой, и тогда я совсем путаюсь.

Он сказал, что когда человек спит с открытым ртом, то за ночь глотает примерно пять пауков. Это вполне может быть правдой, если подумать.

ХР-Р-Р-Р-Р

А как-то раз Родрик сказал, что будить человека, который ходит во сне, опасно. Я подумал: может, хотя бы на этот раз он говорит правду. Я был уверен, что где-то уже слышал это.

Но через несколько дней, вечером, я застукал Родрика за поеданием мороженого с вафельками, которое предназначалось МНЕ, и понял, что это был один из его грязных розыгрышей.

Мне столько раз врали за всю мою жизнь, что мне до конца дней не разобраться, где правда, а где ложь.

Пока я даже не пытаюсь.

Мама ходит в колледж всего несколько дней, но уже стала СОВЕРШЕННО другим человеком. Вечером она всегда возвращается домой в хорошем настроении. Она не сердится, даже если я не закончил работу по дому.

Мама говорит, что чувствует себя счастливой, потому что учёба мотивирует её ставить перед собой новые цели, и что мы все должны учиться чему-нибудь новому.

Но на этот счёт у меня есть своя теория. Я думаю, что в голове у людей не очень много места, и, когда тебе исполняется восемь или девять лет, оно оказывается заполнено.

Если вы хотите научиться чему-нибудь после ЭТОГО, вы должны избавиться от СТАРЫХ знаний.

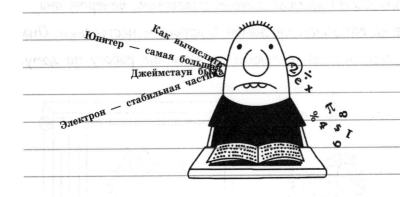

Мне кажется, что именно поэтому учиться в школе с каждым годом становится всё труднее. Всякий раз, когда поступает новая информация, твой мозг, чтобы освободить место, автоматически стирает ДРУГИЕ вещи.

Я могу привести пример, чтобы это доказать: когда на уроках биологии я узнал про фотосинтез, я тут же забыл, как делить большие числа.

Вопрос 1: сколько будет, если 367 разделить на 12? Не забудь проверить свою работу!

БЕЗ
ПОНЯТИЯ.

Плохо, что ты сам не можешь ВЫБИРАТЬ, от чего твоему мозгу надо избавиться. Я напрочь забыл чит-код к Кручёному Колдуну, зато прекрасно помню, как напугал папу, когда он вышёл из душа.

Поверьте, я заплатил бы хорошие деньги, чтобы стереть ЭТО воспоминание из своей памяти.

Мама говорит, что нам с Родриком пора задуматься о том, чем мы хотим заниматься, когда вырастем, и что мы должны начать планировать своё будущее уже СЕЙЧАС. Она говорит, что дети должны попробовать как можно больше всего, чтобы понять, что им нравится и чему уделить больше внимания.

Я уже РЕШИЛ, какую профессию выберу. Я хочу стать тестировщиком видеоигр, когда вырасту. Ведь я готовлюсь к этой работе с тех пор, как научился держать в руках джойстик.

Но когда я делюсь своими планами с мамой, её это совсем не радует.

Мама говорит, что я должен ставить перед собой более ВЫСОКИЕ цели. Она хочет, чтобы я стал инженером, врачом или кем-то типа этого. Она говорит, что если я целыми днями буду играть в видеоигры и не буду относиться к учёбе серьёзно, то всё закончится тем, что я стану мусорщиком.

Во-первых, единственный врач, которого я знаю, — это наш педиатр доктор Хиггинс, и я не могу представить, что всю свою жизнь буду вымывать сопли из носов детей.

А во-вторых, лично Я не вижу ничего плохого в том, чтобы быть мусорщиком. Парни, которые забирают наш мусор, всё время проводят на открытом воздухе и врубают музыку на полную катушку. Если у меня не получится стать тестировщиком видеоигр, то мусорщик — это неплохой запасной вариант.

Когда я был маленький, мама всё время повторяла, что я могу стать кем захочу, когда вырасту.

Я только потом понял, что она говорила о ПРОФЕС-
СИЯХ. А тогда я думал, что могу стать буквально
КЕМ УГОДНО.

Мама не устаёт повторять, что в нашем роду очень
много умных людей. Она говорит, что много-много лет
тому назад моя двоюродная прапрабабушка помогла
изобрести лекарство.

Но ДУРАКОВ у нас тоже хватает, можете мне поверить.

Как раз на прошлой неделе мой дядя Гэри пилил большой

сук, который нависал над дорогой, ведущей к его дому,

и закончилось это тем, что дядя Гэри сломал ключицу.

ВЖИК
ВЖИК

Имея в своём роду таких людей, как дядя Гэри,

я удивляюсь даже тому, что смог научиться завязывать

шнурки. Но мама всё время повторяет, что я могу

совершить невозможное, если как следует постараюсь.

Альберт Сэнди говорит, что люди используют только 80% своего интеллекта и что если мы научимся использовать ОСТАВШИЕСЯ 20%, то сможем творить чудеса.

Если я когда-нибудь пойму, как использовать эти дополнительные 20%, то никому не скажу об этом. Ведь если все люди будут использовать свой интеллект на полную мощь — мир сойдёт с ума.

<u>Среда</u>

Мама пытается заинтересовать Родрика учёбой. Она говорит, что ему пора определиться, в каком колледже он хочет учиться.

Но Родрик по-прежнему убеждён, что его рок-группа раскрутится, а учёба в колледже — это пустая трата времени для такого парня, как он. Мне кажется, что мама начинает беспокоиться. Она освободила Родрика от домашних обязанностей и заставляет его каждый день по полчаса изучать колледжи.

Родрик разослал в разные колледжи кучу писем с просьбой прислать ему буклеты для поступающих, и мама очень обрадовалась, когда мы получили их по почте. Но почти все эти колледжи оказались школами для СОБАК. Родрик или не придал этому значения, или думает, что его могут взять только туда.

Поскольку маме не удаётся заинтересовать учёбой Родрика, она переключилась на МЕНЯ. В понедельник она взяла меня с собой в свой колледж, чтобы я увидел, как выглядит кампус. Должен признаться, он оказался очень клёвым.

Мама сказала, что в колледже можно изучать всё, что ЗАХОЧЕШЬ, и, чтобы добиться успеха, нужно только одно — «быть любознательным». Она сказала, что пока она будет на занятиях, я должен осмотреть кампус: это поможет мне понять, что он значит для студентов.

Я побродил немного по кампусу и понял, что это не моё.

В конце концов я пошёл в библиотеку и стал ждать, когда мама вернётся с занятий.

Я начал делать домашку, но чувствовал, что на меня все пялятся: ребята из колледжа удивлялись, что в их библиотеке делает какой-то школьник.

Именно тогда я вспомнил о девочке, про которую мне рассказывали: она моя ровесница и такая умная, что уже учится на врача в медицинском колледже. Я подумал, что если сделаю умный вид, то буду похож на СТУДЕНТА.

Я взял с ближайшей полки кучу книг по психологии и притворился, что ушёл в них с головой.

Через несколько минут какая-то девочка пододвинула ко мне свой стул и заговорила со мной.

Девочка сказала, что, видимо, я очень умный, и спросила, не могу ли я с ней позаниматься и подготовить её к тесту по психологии, который будет у них в конце недели.

Я понимал, что ничего не смыслю в психологии, но понимал и другое: такой шанс, как ЭТОТ, выпадает раз в жизни. Я сказал, что сейчас занят, но ЗАВТРА смогу с ней позаниматься.

Когда мама вернулась с занятий, я воспользовался её абонементом и взял в библиотеке все книги по психологии, какие только смог найти. Той ночью я занимался так, как не занимался никогда.

Когда наступило утро, я был ГОТОВ. Я спросил маму, не могла бы она подвезти меня в колледж, и она страшно обрадовалась.

Я помогал девочке готовиться к тесту целых два часа, и, когда мы наконец закончили, я понял, что хорошая оценка ей обеспечена. Но потом появился этот громила, который оказался её БОЙФРЕНДОМ. Поверьте, если бы я знал, что существует бойфренд, я не сидел бы столько времени за учебниками и не забивал бы себе голову всякой ненужной информацией.

Если это то, что ждёт меня в колледже, я как-нибудь ОБОЙДУСЬ без него. Кстати, я был прав насчёт того, что может случиться, когда выучишь что-нибудь новое. Сегодня у нас был тест на столицы мира — я не вспомнил ни одной.

<u>Понедельник</u>

Сейчас у нас в школе все только и говорят, что
о вечеринке Марианы Мендоза по случаю Хэллоуина.
Она будет в эту пятницу. Меня это немного раздражает, потому что меня на неё не пригласят.

Вечеринки Марианы стали легендарными: ведь самое
главное для *её* родителей — это чтобы все находились
в подвале, а ЧТО там происходит, им наплевать.

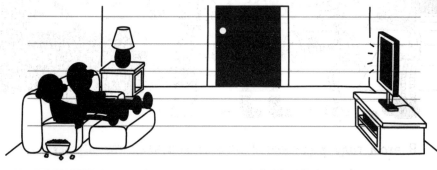

В прошлом году вечеринка ПОЛНОСТЬЮ вышла из-под контроля. НАЧАЛАСЬ она в подвале, но народу собралось столько, что вечеринка выплеснулась во двор, и на шум приехали копы. Это большое достижение для вечеринки в средних классах.

В этом году родители Марианы сказали, что народу должно быть НЕМНОГО, поэтому она пригласила только тех, кто занимается с ней в школьном оркестре. Для ребят вроде меня это плохие новости: ведь мы надеялись, что на этот раз нас тоже пригласят.

Роули пригласили, потому что он играет в оркестре. Но если он пойдёт на вечеринку вроде ЭТОЙ, то сойдёт с ума, можете мне поверить.

Сегодня в школе я думал об этом, и мне в голову пришла гениальная идея. Если я запишусь в ОРКЕСТР, то Мариана пригласит меня на вечеринку.

Сегодня вечером я сказал родителям, что хочу записаться в школьный оркестр. Мама была целиком за. Она очень обрадовалась, что у меня наконец появилась цель и я хочу попробовать что-то новое. Но папа не пришёл в восторг от этой идеи.

Папа сказал, что инструменты стоят ДОРОГО, и он считает, что мне это быстро надоест. Мама возразила, что Родрику БАРАБАНЫ не надоели, но мне это не помогло.

Тогда папа напомнил маме о ПИАНИНО.

Два года назад, за неделю до Рождества, мама увидела, как я в магазине балуюсь с электронной клавиатурой. Мне она понравилась, потому что на ней были кнопочки, которые издавали разные звуки.

Мне кажется, что мама поспешила обрадоваться тому, что я проявил интерес к музыкальному инструменту: в канун Рождества к нашему дому подкатил грузовик и привёз огромное пианино.

Судя по реакции папы, мама не обсудила с ним эту покупку.

Сначала я очень обрадовался пианино, но, когда понял, что оно не издаёт электронные звуки и всякое такое, тут же потерял к нему интерес.

Но мама не позволила мне так быстро сдаться. Она наняла одну даму, которую звали миссис Френч. Эта дама должна была приходить к нам домой два раза в неделю и давать мне уроки музыки.

Что касается игры на пианино, миссис Френч знала своё дело, но я был УЖАСНЫМ учеником.

Первой проблемой стал метод обучения, который использовала миссис Френч. Она садилась на скамеечку позади меня, положив свои пальцы на МОИ. Может, НЕКОТОРЫМ ученикам миссис Френч такой подход и годился, но только не МНЕ.

«ДО» В ПЕРВОЙ ОКТАВЕ!
«ДО» В ПЕРВОЙ ОКТАВЕ!

Другая проблема — сама музыка. Если уж играть на пианино, то было бы хорошо разучить классные песни вроде тех, что передают по радио. Но миссис Френч сказала, что сначала нужно освоить АЗЫ, и протянула мне «Сборник песен для начинающих», который, судя по всему, был старше самой миссис Френч.

Все эти слащавые песенки пели чёрт знает когда, и мне они были совсем неинтересны.

До-ми-соль, спой с пчелой

До   ми соль!   Спой со мной!

Спой с пчелой!   Звонче пой!

Дела мои шли неважно: каждый раз миссис Френч давала мне задания на дом, но я НИКОГДА их не делал. И когда она приходила снова, мы опять принимались за песню «До-ми-соль». Наверно, это доводило её до белого каления.

В конце концов миссис Френч оставила попытки научить меня чему-нибудь. Она просто читала журналы со светской хроникой, а я занимался своими делами.

Так продолжалось месяц или два, а потом мама обнаружила, что происходит, и на этом мои частные занятия закончились.

Пианино стало просто громоздким куском мебели, оно стоит в гостиной и занимает очень много места. Наверно, родители до сих пор выплачивают за него деньги, поэтому я понимаю, почему папа не горит желанием покупать мне НОВЫЙ инструмент.

К счастью, мама встала на мою сторону. Она сказала, что, возможно, пианино — это просто не МОЁ и что в некоторых случаях инструмент должен найти МУЗЫ-КАНТА. Она окончательно убедила папу, когда сказала, что дети, которые играют на музыкальных инструмен-тах, хорошо успевают по математике и потом устраи-ваются на хорошие места.

Через полчаса мы уже стояли в музыкальном магазине и выбирали мне инструмент.

Моё требование номер один к музыкальному инструменту такое — я должен КЛЁВО с ним смотреться. Когда я был с мамой в колледже, я видел там одного парня: он бренчал на гитаре рядом со входом в библиотеку. С выбором он ЯВНО не прогадал.

К сожалению, в нашем школьном оркестре не нужна гитара. Поэтому мне нужно было выбрать что-то другое.

Сначала мой взгляд упал на саксофон — с ним просто невозможно НЕ выглядеть клёво. Я понял ЭТО благодаря Деклану Вону, который играет на саксофоне на переменках.

Но на этой штуке СЛИШКОМ много кнопочек, и я понимал, что он мне не по плечу.

Мама сказала, почему бы мне не обратить внимание на валторну. ОНА играла на ней, когда была маленькая. Валторна выглядела вполне клёво, на ней было всего три кнопочки, и я подумал, что смогу справиться с ними.

Продавец снял валторну с крючка и протянул *её* мне. Когда папа увидел ценник, он запротестовал.

Папа сказал, что мы должны взять валторну НАПРОКАТ, а не покупать: это будет намного дешевле. Но все инструменты, которые дают напрокат, ПОДЕРЖАННЫЕ.

В прошлом году в школьном оркестре на валторне играл Джошуа Баллард, и валторна, которую сдавали напрокат, могла принадлежать ЕМУ.

Родители начали спорить при всех, и мне стало неловко. Папа сказал, что мы собираемся потратить кучу денег на то, что через две недели мне надоест, а мама сказала, что он должен больше в меня ВЕРИТЬ.

В конце концов папа сдался. Но прежде чем достать свою кредитную карточку, он взял с меня слово, что я каждый вечер буду заниматься.

Надеюсь, управиться с этой штукой так же просто, как кажется на первый взгляд. Похоже, мне придётся здорово попотеть, чтобы получить приглашение на вечеринку по случаю Хэллоуина.

Вторник

Надо было лучше всё обдумать, когда я выбирал себе инструмент. Меня волновал в основном ИМИДЖ, и я не учёл ДРУГИЕ вещи.

Сегодня мне было нелегко тащить валторну в школу: ведь ФУТЛЯР весит примерно столько же, сколько сам инструмент. Но когда я увидел, с чем приходится иметь дело Грейдену Банди, я понял, что мне грех жаловаться.

Все говорят, что Аннабель Гриер — одна из самых умных девочек в нашем классе. Теперь понятно почему. Она играет на флейте-пикколо и не тратит энергию на то, чтобы таскать за собой тяжеленный инструмент.

Джордж Девини, наверно, ещё умнее, чем ОНА. Он играет на литаврах. Они очень большие, и домой их вечером не унесёшь, поэтому они всё время стоят в классе, где проходят репетиции.

Раньше я не замечал, что многие ребята в оркестре ПОХОЖИ на свои инструменты. Не знаю, нарочно ли они стараются быть похожими на них, или это просто совпадение.

Оркестр хорош тем, что здесь нет прослушиваний или чего-нибудь в этом роде. Если ты купил инструмент и пришёл, тебя зачисляют.

Но когда я выбирал инструмент, я не обдумал всё как следует. На валторне играют в группе медных духовых инструментов, а в этой группе почти одни ПАРНИ.

В группе деревянных духовых инструментов всё наоборот. В ней почти одни ДЕВЧОНКИ, парней совсем немного, и Роули в их числе. Жаль, что он не предупредил меня об этом: эта информация могла бы мне пригодиться.

Может, Роули НАРОЧНО меня не предупредил? Не хотел, чтобы я стал его конкурентом?

Я заметил, что он сидит рядом с Марианой Мендоза. Поверьте, это не случайно.

Когда началась репетиция, миссис Грациано велела нам разыграться. Именно тогда я вспомнил, что для меня самые ненавистные звуки — это звуки инструментов, когда на них разыгрываются дети.

Миссис Грациано не было до этого никакого дела. В этом году она уходит на пенсию, поэтому, я думаю, ей всё по барабану.

Я сидел рядом с Эваном Питманом — ещё одним парнем, который играет на валторне. Похоже, он знал своё дело. Я смотрел, как он перебирает пальцами, и понимал, что это гораздо труднее, чем я ожидал. Но я подумал, что могу хотя бы попытаться.

Я набрал в рот воздуха, как Эван, и изо всех сил дунул в отверстие для рта. Но звук вышел не оттуда, откуда я ожидал.

Оркестр ЗАМЕР. Джейк Макгаф начал принюхиваться, чтобы вычислить, кто это сделал: у него есть такой необычный талант.

Но вы должны знать обо мне одну вещь: я НИКОГДА
не признаюсь, если пукаю. Я готов пожертвовать даже
родной мамой, и, можете мне поверить, однажды
я ею пожертвовал.

Все ребята из оркестра смотрели в мою сторону.
Я страшно испугался: ведь если я хочу получить
приглашение на вечеринку Марианы Мендоза по случаю Хэллоуина, моя репутация не должна пострадать.

Джейк Макгаф подходил всё ближе и ближе. Я понимал: ещё секунда, и меня разоблачат.

Я сделал то, что ДОЛЖЕН был сделать: свалил всё на Грейдена Банди.

Я НЕ ОСОБО переживал: все знают, что Грейден часто портит воздух в классе. Я считаю так: он понёс наказание, которого ему долго удавалось избегать.

Четверг

Как бы я хотел вернуться назад и выбрать себе другой инструмент! Эта валторна меня уже просто достала!

Парень из музыкального магазина не предупредил, что на валторне играют ЛЕВОЙ рукой, а я ПРАВША.

Я думал, что легко справлюсь с тремя кнопочками, но моя левая рука недостаточно сильная, и я не могу ею работать. К тому же отверстие для рта СЛИШКОМ МАЛЕНЬКОЕ, и в него не проходит воздух. Пока мне так и не удалось изобразить хоть ЧТО-НИБУДЬ, что было бы похоже на мелодию.

К сожалению, ПАПЕ этого не объяснишь. Он каждый вечер хочет слышать, как я занимаюсь, — ведь я ему обещал.

К счастью, я нашёл видеоролики одной старшеклассни-
цы, в которых ОНА играет на валторне. Эти ролики
меня выручают — по крайней мере, пока.

К тому же вся эта музыка — просто пустая трата
времени. Мариана не стала приглашать к себе на вечеринку весь оркестр, она позвала только ребят из группы ДЕРЕВЯННЫХ ДУХОВЫХ инструментов.

Это значит, что если вы, как и я, играете на медном ин-
струменте, то вам не повезло. Но потом я кое-что понял.
В группе деревянных духовых инструментов занимается
Роули. Если ОН пойдёт, то я могу к нему пристроиться.

Но я не могу просто так явиться вместе с ним — меня могут выставить за дверь.

Поэтому я придумал, как сделать так, чтобы этого не случилось. Я понял, что если стану частью МАСКАРАДНО-ГО КОСТЮМА Роули, то смогу пойти туда, куда пойдёт он. Так мне пришла в голову мысль, что можно отправиться на вечеринку в костюме двуглавого чудовища.

По дороге домой из школы я поделился своим планом с Роули.

Но Роули сказал, что хочет нарядиться на вечеринку «доброй ведьмой», и мама уже шьёт ему костюм.

Теперь вы ПОНИМАЕТЕ, почему Роули нужно идти на вечеринку вместе со мной.

Я сказал Роули, что, если он придёт на вечеринку наряженный ведьмой, ему потом в школе не дадут прохода. Мне кажется, что после этих слов он занервничал. Он сказал, что передумал и хочет быть двуглавым чудовищем, как я предлагал.

Сегодня вечером мы принялись мастерить костюм из простыней, которые я нашёл в шкафу для постельного белья. Когда мама вернулась домой из колледжа, я понял, что должен был спросить у неё разрешения, прежде чем резать простыни. Но мама очень обрадовалась, что мы с Роули ЗАНЯТЫ ДЕЛОМ, а не играем, как обычно, в видеоигры.

Я сказал, что мы шьём костюм двуглавого чудовища, и мама сказала, это ПРЕКРАСНАЯ идея для того, чтобы ходить по домам и просить сладости.

Я сказал, что вообще-то это костюм для вечеринки Марианы Мендоза по случаю Хэллоуина. И как только я это сказал, тут же захотел взять свои слова обратно. Как я уже говорил, в прошлом году вечеринка Марианы прогремела на всю округу, и ВСЕ в городе знали о ней.

Но мама не стала возражать против вечеринки. Она сказала, что вечеринка — это хорошая возможность «получить новый опыт» и расширить «круг знакомых». Она сказала, что будет рада ПОДВЕЗТИ нас.

Я почувствовал облегчение оттого, что она не предложила сделать в костюме отверстие для ещё одной головы. Поверьте, это ИМЕННО то, до чего она легко могла бы додуматься.

Хэллоуин

Сегодня вечером мы долго ехали до дома Марианы, потому улицы были забиты маленькими детьми, которые кричали: «Сладость или гадость?!»

Я был РАД, что мы немного опоздали: ведь если бы мы явились вовремя, было бы понятно, что нам хотелось поскорее сюда попасть. Когда мы наконец подъехали к дому Марианы, я поблагодарил маму за то, что она подвезла нас, и попросил её заехать за нами после 23 ч.

Но мама выключила зажигание, вышла из минивэна и достала из багажника сумки.

Я спросил её, что она делает, она ответила, что хочет войти в дом и познакомиться с мистером и миссис Мендоза.

Я УМОЛЯЛ её не делать этого, но если мама что-нибудь решила, её уже ничто не остановит.

Она позвонила в дверь, но нам никто не открыл. В подвале громко играла музыка. Мама открыла дверь, и мы вошли.

Мистер и миссис Мендоза сидели на диване и смотре-ли ужастик. Похоже, им не очень хотелось вставать и болтать с мамой.

Мама спросила, можно ли ей спуститься в подвал и посмотреть, как проходит вечеринка. Они не имели ничего против.

Тут я ДЕЙСТВИТЕЛЬНО занервничал. Мама открыла дверь в подвал и стала спускаться по лестнице. Нам с Роули ничего не оставалось, как идти за ней следом. В подвале было полно детей. Судя по всему, они отрывались по полной.

Но, увидев маму, они притихли.

Мама достала из сумки кучу самодельных настольных игр для Хэллоуина, и мне стало нехорошо. Я мог бы догадаться, что она замышляет, когда вчера вечером увидел, как она читает октябрьский выпуск журнала «Семейный досуг».

Когда мама вытащила свои игры, я подумал, что на неё просто не обратят внимания и все продолжат веселиться. Но случилось нечто НЕВЕРОЯТНОЕ.

Несколько девочек стали ПОМОГАТЬ маме подготовить всё для игр.

С этой минуты мама начала рулить шоу. Она предложила всем ребятам, которые пришли на вечеринку, поиграть в эти допотопные игры. Я думал, что сгорю от стыда, но ребятам игры понравились: они веселились от души.

Мне кажется, что БОЛЬШЕ ВСЕХ веселился Роули.
Его самой любимой игрой стала та, где нужно съесть
пончик, привязанный к верёвочке. Он установил
рекорд: съел пять пончиков за тридцать секунд.

Когда я понял, что всем очень весело, я немного
расслабился. И даже САМ принял участие в несколь-
ких играх. Мы с Роули победили в игре «Прикрепи
«У-у-у» к привидению» и получили главный приз.
Должен вам сказать, мы были отличной командой.

Мы победили во МНОГИХ маминых играх. Единствен-
ная игра, в которой мы облажались, называлась
«Кидаем маленькие тыквы». Но нельзя же выигрывать
ВСЁ подряд.

После того как игры закончились, кто-то сделал музыку
громче, и ребята начали зажигать. Я был прикреплён
к Роули, и мне было непросто показать себя классным
танцором, но мне всё равно было ужасно весело.

Должен вам сказать, всё было просто ПОТРЯСАЮЩЕ.
На вечеринке НЕ ВЕСЕЛИЛАСЬ только кучка парней.
Но я не собирался позволить каким-то завистникам
с кислыми минами испортить мне вечер.

Вечеринка вот-вот должна была перейти на новый
уровень, и тут Роули сказал, что хочет в туалет.
Этого мы не ПРЕДУСМОТРЕЛИ, когда шили костюм.

У костюма не было ни молнии, ни чего-нибудь в этом
роде. Из него можно было выбраться только одним
способом: разрезать его. Но ЭТОГО делать мы не стали,
потому что ни на мне, ни на Роули не было штанов.

Я очень злился. В начале вечеринки я ГОВОРИЛ Роули, чтобы он не налегал на фруктовый пунш, но он, конечно, меня не послушал.

Я решил, что он должен терпеть до тех пор, пока мы не приедем домой. Я хотел было продолжить веселье, но из-за Роули это было невозможно.

По лицу Роули мама, наверно, поняла, что происходит, и сказала, что нам пора «закругляться».

Я был в ЯРОСТИ. Начиналось самое интересное, а мы должны были уходить, потому что Роули приспичило на горшок.

Но мама сказала, что с вечеринки лучше уходить, когда веселье в самом разгаре, а не тогда, а когда оно идёт на спад. Она сказала, что это выглядит КРУТО, потому что этим вы даёте понять другим, что у вас есть дела поинтересней.

Я не знаю, что может быть интересней, чем тусоваться у Марианы Мендоза, но мама чуть ли не силой потащила вверх меня по лестнице.

Когда мы отъезжали от дома Марианы, я чувствовал себя несчастным, а мама была счастлива как никогда.

НОЯБРЬ

Четверг

Всю неделю Мариана и *её* подружки только и говорят
о том, какой классной получилась вечеринка и какая
весёлая у меня мама. Даже не знаю, что сказать...
наверно, это можно считать комплиментом.

Мне надоело играть в оркестре, и не ТОЛЬКО потому,
что вечеринка — в прошлом. Когда в понедельник
я пришёл в школу, парни из группы деревянных духовых инструментов начали издеваться надо мной.

И не только БОЛЬШИЕ парни начали лезть ко мне.
Даже Джейк Макгаф не остался в стороне.

Когда я сказал родителям, что хочу уйти из оркестра, папа заявил, что это даже не обсуждается. Он сказал, что за мой инструмент заплатили кучу денег и я должен выполнить своё «обязательство».

Он сказал, что я не могу бросить дело только потому, что столкнулся с ТРУДНОСТЯМИ, и что если есть что-то, чему он хотел бы меня научить, так это УПОРСТВО.

Я понимал, что папа от своего не отступится, и пообещал ему, что буду стараться. Мне показалось, что он обрадовался, и я решил, что отделался от него.

Но тут он сказал, что собирается прийти на Осенний концерт, чтобы меня подержать. Я объяснил папе, что концерт будет вместо уроков, поэтому он вряд ли СМОЖЕТ прийти на него. Но папа сказал, что отпросится с работы, потому что для него это важно.

Ситуация складывается КРАЙНЕ напряженная. Я пытаюсь научиться играть на этой штуке, но, поверьте, это нелегко.

Сегодня вечером я попросил Роули прийти ко мне, чтобы помочь. Я подумал, что он должен кое-что понимать в инструментах, потому что уже довольно давно играет в оркестре. Но каждый раз, когда мы с ним оказываемся в одной комнате, всё заканчивается тем, что нас обязательно что-то отвлекает.

Папа очень рассердился и сказал, что мы с Роули только и делаем, что валяем дурака, как только оказываемся вместе. Он отправил Роули домой, а меня засадил за работу. Но валторну забросила даже та девочка, которая выкладывала видео. Так что придётся рассчитывать ТОЛЬКО на себя.

Среда

Сегодня должен состояться большой Осенний концерт. Играть на валторне я так и не научился, зато придумал, как ВЫКРУТИТЬСЯ.

В оркестре я сижу рядом с Эваном Питтманом, а он прекрасно играет на валторне. Я подумал, что могу сесть ему на хвост: я буду ДЕЛАТЬ ВИД, что играю, а он пускай поработает за нас ДВОИХ.

Последние две недели я только этим и занимался. Если уж миссис Грациано ничего не заметила (а она сидит в десяти шагах от меня), то папа, который будет сидеть в последнем ряду, тем более ничего не заметит.

Но за десять минут до начала концерта Эван куда-то пропал. Я спросил Маркуса Переса, его лучшего друга, куда делся Эван. Маркус ответил, что сегодня Эвану снимают брекеты и на концерт он не придёт.

Я не мог ПОВЕРИТЬ, что Эван так подставил меня. Мне казалось, что в группе медных духовых инструментов все должны ВЫРУЧАТЬ друг друга.

Когда пришло время разыгрываться, от волнения я весь ВЗМОК.

Я молился о том, чтобы папа забыл об Осеннем концерте, но он уже был у двери, которая вела на сцену.

Зрители заняли свои места — пора было выходить на сцену. Миссис Грациано повела нас туда, выстроив в ряд. Группа медных духовых инструментов шла предпоследней.

За нами шли ребята из группы деревянных духовых инструментов, и этот идиот Джейк Макгаф наступил мне на пятку и стянул с меня ботинок.

Мне пришлось положить валторну на пол, чтобы надеть ботинок, но, пока я его надевал, парень из группы деревянных духовых инструментов, который выходил из комнаты последним, захлопнул за собой дверь, которая вела на сцену.

Я попытался её открыть, но она была ЗАПЕРТА, и тогда я начал стучать в окошко. Ребята настраивали свои инструменты и не слышали меня.

Через пару минут начинался концерт. Я думал только о том, что папа увидит мой пустой стул. Я начал стучать СИЛЬНЕЕ.

К счастью, Роули увидел меня у окошка, встал со стула и открыл дверь. Он вошёл В комнату, и ЗА ним захлопнулась дверь.

Теперь мы застряли с ним ВДВОЕМ. Я снова начал стучать в окошко, но в этот момент миссис Грациано взмахнула палочкой, и ребята начали играть. Теперь всё было БЕСПОЛЕЗНО: Джордж Дивини громко бил в свои литавры, и меня никто не слышал.

Когда вступили кларнеты, Роули ЗАПАНИКОВАЛ.
Он начал играть вместе с остальными, но это
НЕ СИЛЬНО помогло.

Было ясно, что мне придётся вызволять и Роули,
и себя. Я попытался открыть дверь, упершись ногой
в стену и что было силы потянув за ручку. Мои штаны не выдержали такого напряжения.

Я посмотрел в зеркало, которое висело на стене, чтобы оценить ущерб: прямо посередине красовалась пятидюймовая дырка. Это было плохие новости: ведь сквозь неё были видны трусы.

Я понимал: если нам даже удастся открыть дверь, я всё равно не смогу выйти на сцену с такой огромной ДЫРКОЙ в штанах. Я огляделся, подыскивая, чем можно её прикрыть. На столе у мисси Грациано я увидел чёрный степлер и засунул его в штаны.

Степлер полностью закрыл дырку, издалека никто ничего не заметил бы. Но брюки так сильно стали ЖАТЬ, что я не мог СЕСТЬ. Так что пришлось вытащить степлер и придумать что-нибудь ещё.

Через пару минут я нашёл выход. Я взял со стола миссис Грациано чцрный маркер и попросил Роули закрасить ту часть трусов, которая была видна. Тогда никто не догадается, что у меня порвались штаны.

К сожалению, в этот самый момент вошёл ПАПА. Не знаю, что ОН о нас подумал, мне почему-то кажется, что ничего ХОРОШЕГО.

Четверг

Сколько я ни объяснял папе, что произошло на Осеннем концерте, он ничего не хотел слушать. Он сказал, что мы с Роули валяли дурака вместо того, чтобы играть в оркестре, и больше он ничего не хочет знать.

В наказание меня на две недели лишают телевизора и видеоигр, и после школы мне нельзя будет общаться с друзьями. Единственное, что я МОГУ делать, — это играть на валторне. Думаю, что всё дело именно в ней.

Но когда я играю на этой штуке, я сильно нервничаю, а когда я нервничаю, мне хочется ЕСТЬ. Обычно в это время года у меня конфет — полная наволочка, но я пропустил лучшую часть Хэллоуина, не ходил по домам просить сладости из-за того, что отправился на вечерику.

Я знал, что в доме должны были остаться конфеты: в ночь на Хэллоуин папа сказал маме, что гуси прогнали всех, кто приходил просить сладости.

Поэтому сегодня, вернувшись из школы, я обшарил все места, куда мама могла спрятать конфеты, но ничего не нашёл. Мне УЖАСНО хотелось чего-нибудь сладкого, но в кладовке лежал только пакет с шоколадной крошкой, до которого мама запретила нам дотрагиваться.

Наверно, она собирается испечь печенье с шоколадной крошкой для сладкой ярмарки, которая обычно проходит в нашей церкви Я подумал, что если возьму ЧУТЬ-ЧУТЬ, то она ничего не заметит.

Я взял ножницы и проделал в пакете снизу крохотную дырочку. Я съел совсем чуть-чуть, потом ещё чуть-чуть, потом ЕЩЁ чуть-чуть. А потом я просто потерял голову.

Наверно, я съел не меньше четверти пакета. Я подумал, что, может быть, мама ничего не заметит, но дырка в пакете стала очень БОЛЬШОЙ, и мне нужно было что-то сделать с этим.

В ящике, где лежит всякий хлам, я стал искать степлер.

Но я не успел я им ВОСПОЛЬЗОВАТЬСЯ, как пакет разорвался.

Я заделал пакет степлером и собрал с пола шоколадную крошку, сколько смог. Но не удержался, и больше половины не вернулось обратно в пакет.

Теперь мама НИКАК не могла этого не заметить. У меня и без этого проблем хватало, и новые мне были не нужны. Поэтому я позвонил Роули, чтобы он мне помог.

Я объяснил ему ситуацию и сказал, что мне очень нужно, чтобы он принёс мне как можно больше шоколадной крошки.

Через пять минут Роули стоял у меня на пороге. Он тяжело дышал. Он сказал, что пришёл бы БЫСТРЕЕ, если бы на нашей улице не было гусей: чтобы не попасться им, ему пришлось пробираться ко мне через задний двор соседей.

Я спросил Роули, где шоколадная крошка, и он раз-жал кулаки. Все было бесполезно: шоколадная крошка РАСТАЯЛА.

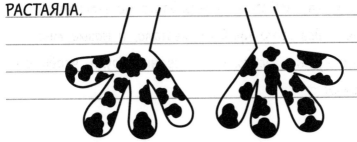

Я велел Роули сходить домой и принести мне ЕЩЁ,
но он сказал, что это всё, что у них было. Он сказал,
что может позвонить Скотти Дугласу, который живёт
в конце улицы, и спросить, нет ли у НЕГО шоколадной крошки. Я подумал, что это отличный план.

Роули снял трубку, и в этот момент я заметил,
что он ПОВСЮДУ оставляет шоколадные отпечатки.

Я понимал: если папа найдёт на кухне хотя бы ОДИН
отпечаток — мне конец. Мы взяли бумажные полотенца и начали вытирать всё на кухне.

Когда полотенца закончились, я побежал в комнату
для стирки белья, чтобы взять ещё. Я потянулся
за полотенцами и сделал ПОТРЯСАЮЩЕЕ открытие.

Я нашёл весь мамин запас конфет, который остался
после Хэллоуина. Конфеты были засунуты за бумажные
полотенца.

Это было пять нераскрытых пакетов — именно ТОГО,
что я люблю.

Я подумал, что надо дать Роули парочку пакетов мармеладных червячков в награду за то, что он помогает мне убираться. Но я не смог удержаться и разыграл его.

Я думал, что это рассмешит Роули, но он пришёл в УЖАС. Он не смог оправиться даже ПОСЛЕ того, как я показал ему, что червяк — это просто конфетка.

И тут меня осенило. Людям НРАВИТСЯ, когда их пугают. Если у вас это хорошо получается, вы можете заработать целое СОСТОЯНИЕ. Это не так уж сложно. Мистер Ужас-Тихий сказочно богат, а ведь этого парня даже не СУЩЕСТВУЕТ.

Я слыхал о парнях из колледжа, которые сняли ужастик, потратив всего несколько сотен баксов. Потом они продали свой ужастик крупной киностудии и стали МИЛЛИОНЕРАМИ.

Если те парни смогли это сделать, то и я смогу. Мне даже несколько сотен баксов не нужны. Мне нужны только несколько пакетов мармеладных червячков и старая видеокамера моих родителей.

В своём воображении я уже представлял постер к будущему фильму.

А когда мой фильм победит в номинации «Лучший фильм», я обязательно поблагодарю всех простых людей, которые мне помогали.

Самых БОЛЬШОЙ благодарности заслуживает МАМА. Именно она постоянно твердит о том, что мне надо развивать воображение и заниматься творческой работой. Когда я стану известным кинорежиссёром, она наверняка будет гордиться мной.

Но, чтобы ЭТО случилось, нам сначала нужно снять фильм. Я сказал Роули, что хочу снять фильм о том, как черви-людоеды держат в страхе весь город.
Но Роули разнервничался и попросил заменить червей на что-нибудь не такое ЖУТКОЕ — типа, на бабочек.

Я ответил: никто не станет платить деньги за то, чтобы посмотреть ТАКОЕ кино. Я сказал, что можно снять парочку смешных сцен, чтобы было не ОЧЕНЬ страшно, и, кажется, Роули понравилась эта идея.

Роули хотел начать съемки незамедлительно, но я сказал, что без СЦЕНАРИЯ у нас ничего не выйдет.
Мы поднялись наверх, включили мой компьютер
и принялись за работу.

НОЧЬ
НОЧНЫХ ЧЕРВЕЙ

Сценарий
Грега Хэффли

Оригинальная идея
Грега Хэффли

Роули сказал, что ОН тоже хочет писать сценарий,
но я не хотел делиться с ним своей будущей славой:
ведь это была МОЯ идея. Я сказал, что он может
делать раскадровку: маленькие рисунки, на которых
показано, как должна выглядеть каждая сцена.

Я подумал, что в начале фильма было бы неплохо
показать обычный день супружеской пары ДО нападения червей.

ВЕЧЕР. Мужчина возвращается домой с работы в хорошем настроении, он насвистывает весёлую мелодию. Мужчина открывает дверь с чёрного хода и идёт на кухню.

У меня тут же возникла проблема. Поскольку режиссёром собирался быть я, то единственным нашим актёром станет Роули. Это значит, что мы не можем показывать на экране двух героев одновременно.

Другая проблема заключалась в том, что я не хотел, чтобы было заметно, что Роули играет все роли, а то люди ещё подумают, что наш фильм малобюджетный. Надо было придумать какой-нибудь неожиданный ход.

МУЖ

Привет, дорогая.

Я пришёл с работы.

ЖЕНА

Здравствуй, милый.

Надеюсь, ты не будешь возражать,

если я буду стоять к тебе спиной –

я вся поглощена мытьём посуды.

МУЖ

Не волнуйся. Я пока поднимусь

наверх и приму душ.

ЖЕНА

Хорошо. Я даже здесь чувствую

твой запах! (смеётся)

Я подумал, что они слишком много болтают. Пора было переходить к действию.

НАВЕРХУ, В ВАННОЙ. Мужчина становится под душ и включает воду.

МУЖ

Красота! Душ — просто СКАЗКА!

А моя жена была права:

от меня и правда воняет.

И тут из насадки для душа начинают сыпаться ЧЕРВИ!

Что за чёрт? Это не вода! Это черви!

Но это не простые черви. Это НОЧНЫЕ ЧЕРВИ-ЛЮДОЕДЫ!

МУЖ

Караул!

Они ПОЖИРАЮТ меня!

Черви выползают из глаз и из носа мужчины.

Когда Роули закончил последний рисунок, он был белый как полотно. Я напомнил ему, что черви — это просто конфетки, и это его успокоило.

СНОВА НА КУХНЕ. Мужчина вбегает в комнату, вокруг его талии обмотано полотенце.

MУЖ

Дорогая! Не включай

воду! Это...

СЛИШКОМ ПОЗДНО. От женщины остался один скелет.

После этого я РЕАЛЬНО начал терять Роули. Пришлось напомнить ему, что всё будет понарошку: в этой сцене мы снимем пластмассовый скелет. Но он практически задыхался.

Я подумал, что можно было бы добавить немного юмора, и сочинил несколько строчек, которые привели Роули в чувство.

МУЖ

Значит, теперь
я свободен! (подмигивает)

Уладив это, я вернулся к сюжету. Следующая сцена получилась очень ДЛИННАЯ.

Мужчина смотрит в окно. Дом полностью окружён ночными червями.

МУЖ

О нет! Я окружён!

Надо вызвать КОПОВ!

Мужчина подносит к уху трубку

и набирает 911.

МУЖ

Алло, полиция?

Я звоню сообщить…

Одну минуту, что за?..

Из телефонной трубки вылезает червь. Он вползает мужчине в одно ухо и выползает из другого.

МУЖ

Ай-й-й-й-й-й-й! (умирает)

Когда я закончил эту сцену, то понял, что на неё уйдёт слишком много времени. К тому же было несколько сцен, которые я ещё не решил, как снимать. Например, сцена сражения между мэром города и 500-футовым Королём Ночных Червей, которая будет в конце фильма.

Поскольку за один день мы не управились бы, я решил, что нужно снимать те сцены, которые уже есть
в сценарии.

В мамином шкафу я нашёл камеру родителей.
К счастью, в ней была плёнка. Из папиного шкафа мы
взяли одежду для первого костюма Роули. Штаны
были длинноваты, но в общем сидели нормально.

Мы начали снимать первую сцену. На неё ушло в три
раза больше времени, чем мы планировали: всё потому, что Роули никак не мог запомнить текст.

После этого надо было снять Роули в роли жены
нашего парня.

Роули не хотелось надевать мамино платье, и мы решили, что он наденет *её* спортивные штаны. Парика у нас не было, поэтому Роули натянул капюшон, чтобы прикрыть голову.

Сцена получилась не такой, как я себе представлял, но иногда всё должно идти как идёт.

После того как мы закончили все дела на кухне, мы поднялись наверх, чтобы снять сцены в ванной. Роули не хотел мочить волосы и надел шапочку для душа, которую мы нашли в маминой тумбочке под раковиной. В одном из ящиков папиного комода я нашёл плавки. Роули надел их и залез в душевую кабину.

Снимать сцену в душе оказалось НАМНОГО сложнее, чем я ожидал. Я должен был снимать только верхнюю часть туловища Роули, чтобы никто не увидел, что он в плавках. К тому же я не продумал, как создать впечатление, что черви вылезают из насадки для душа. Чего я только ни перепробовал, но сцена никак не получалась.

В конце концов я решил просто кидать червей в лицо Роули. Надеюсь, что всё будет выглядеть правдоподобно, когда мы это смонтируем.

Я не смог найти у мамы пищевой краситель, и мы взяли кетчуп для изображения крови. Он был густоват, но это было не самое страшное.

Управившись со всеми делами в ванной, мы снова отправились на кухню. Сцену со скелетом мы сняли за пару минут. Капюшон придал сцене нечто особенное.

Уже темнело, и я боялся, что нам не удастся отснять все сцены до возвращения родителей. Мы поспешили на улицу и принялись за работу: разбросали мармеладных червячков по двору.

Но я был недоволен тем, как получилась сцена. Нам не хватало червей, чтобы сделать её по-настоящему страшной.

Я решил, что мне необходим ещё один пакет с мармеладными червячками, чтобы добиться нужного эффекта. Я открыл дверь в комнату для стирки белья, но меня ждал неприятный сюрприз,

Пока я думал, что мне делать с поросёнком, я услышал вопли Роули на кухне. Я бросился к нему, чтобы узнать, что случилось,

Стая гусей УПЛЕТАЛА наших мармеладных червячков. Я открыл дверь, чтобы спугнуть их, но они и не думали улетать.

Когда гуси управились с нашими мармеладными червячками, они захотели ЕЩЁ. Я закрыл дверь, и мы с Роули спрятались под кухонный стол, чтобы придумать, что делать дальше.

Я сказал: единственное, чем можно напугать гусей, — это другими ЖИВОТНЫМИ. Не успел я это сказать, как Роули уже стоял у окна с игрушкой Мэнни «Смотри и повторяй».

Гуси стучали клювами в окна, и я боялся, что они ворвутся в ДОМ, если мы чего-нибудь не предпримем. И тут я вспомнил: когда в последний раз Родрик просил сладости на Хэллоуин, на нём была страшная маска волка, которая всё ещё лежит в подвале.

Я подумал: если ЧЕМ-ТО и можно напугать этих гусей, так это именно ЕЮ.

Мы с Роули побежали в котельную искать маску. Старые костюмы для Хэллоуина лежали в коробке на четвёртой полке, и, чтобы их достать, нам нужно было объединить наши усилия.

Я забрался к Роули на плечи и протянул руку к коробке. Но пока я ТЯНУЛСЯ, я задел снежный шар, и он упал на пол. Как только ЭТО случилось, включилась ВЕДЬМА.

От неожиданности я схватился за полку, и на нас рухнул шкаф.

Когда пыль улеглась, мы поняли, что чудом остались ЖИВЫ. Роули выбрался из-под шкафа и пулей выскочил из подвала. Наверно, он прыгал через ЧЕТЫРЕ ступеньки.

Он выбежал из дома, но не ОСТАНОВИЛСЯ. Он полез на большое дерево, которое растёт возле нашего дома, и добрался до середины. Там я его и нашёл, он нёс какую-то чушь.

Я уговаривал его спуститься, но он упирался. Я взял теннисную ракетку и несколько мячей и попытался его СБИТЬ. Он полез ещё ВЫШЕ.

На мое несчастье, в этот момент вернулся домой папа.

Среда

С того дня, когда мы с Роули снимали фильм, прошло несколько сумасшедших недель. Я забросил свой журнал, потому что был очень занят: каждый вечер папа заставляет меня работать в котельной, я разбираю вещи, которые попадали с полок.

Я пытался объяснить папе, что мы просто снимали
фильм и ситуация вышла из-под контроля, но всё было
как об стенку горох. Я думал, что мама сможет меня
понять, но, оказывается, на плёнке, которая была
в камере, были запечатлены первые шаги Мэнни,
и мы, делая свой фильм, стёрли эти кадры.

Так что теперь я торчу в котельной, разгребая бардак,
а Роули купается в лучах славы. Репортёры сняли
на камеру, как пожарники достают Роули с дерева,
и кадры его «удивительного спасения» облетели
все каналы.

Роули ещё даже не был в школе: каждое утро его
разрывают на части всякие ток-шоу.

Что меня действительно раздражает, так это то, что ни в одном своём интервью Роули НИ РАЗУ не упомянул моего имени. Ведь это я СДЕЛАЛ его знаменитым. А он ведёт себя так, будто мир вращается вокруг него.

Вот что делает с человеком слава. Я могу сказать только одно: лично Я никогда не буду строить из себя дурака ради того, чтобы посмешить людей, которые сидят перед телевизором.

БЛАГОДАРНОСТИ

Спасибо всем фанатам серии «Дневник слабака» за то, что они вдохновляют меня писать о Греге Хэффли и его сумасшедшей семейке. Спасибо моей сумасшедшей и замечательной семейке за то, что она делает то же самое.

Спасибо Чарли Кочману за то, что он сидит рядом со мной и побуждает меня копать еще глубже и показывать лучшее, на что я способен. Спасибо всем ребятам из «Абрамс». Отдельное спасибо — Майклу Джейкобсу, Джейсону Уэллсу, Веронике Вассерман, Чаду У. Бекерману, Сьюзан Ван Метр, Робби Имфелду, Элисон Джейверс, Элизе Гарсия, Саманте Хобак, Ким Ку и Майклу Кларку.

Спасибо Шейлин Джермейн и Анне Чезари за их поддержку и всю ту трудную работу, которую они выполняют. Спасибо Дэб Сандин и всем сотрудникам An Unlikely Story за то, что каждый день они делают любителей книг счастливыми.

Спасибо Ричу Карру и Андреа Люси за их поддержку и дружбу. Спасибо Полу Сеннотту и Айку Уильямсу за их бесценные советы.

Спасибо Джессу Бральеру за то, что он не перестаёт поддерживать меня. Спасибо всем сотрудникам сайта Poptropica за их поддержку и вдохновение.

Спасибо Сильви Рабино и Киту Флиеру за то, что они помогают мне ориентироваться в мире кино и телевидения. Спасибо всем сотрудникам голливудской киностудии, которые работают для того, чтобы новые истории о слабаке обрели жизнь. Отдельное спасибо — Нине Якобсон, Брэду Симпсону, Дэвиду Бауэрсу, Элизабет Габлер, Роланду Пойндекстеру, Ральфу Милеро и Ванессе Моррисон.

ОБ АВТОРЕ

Джефф Кинни — автор бестселлера № 1 по версии New York Times, шестикратного лауреата премии Nickelodeon Kids`Choice Award в номинации «Самая любимая книга». Журнал Time включил Джеффа в список ста самых влиятельных людей мира. Еще Джефф является создателем сайта Poptropica, который назван журналом Time в числе пятидесяти лучших веб-сайтов. Детство Джеффа прошло в Вашингтоне, округ Колумбия, а в 1995 году он переехал в Новую Англию. Джефф живет в Массачусетсе с женой и двумя сыновьями. У них есть книжный магазин An Unlikely Story.